DESTINO E SORTE

ARNAUD MATTOSO

Romance

EPÍGRAFES

"Ele achava que toda mulher deveria ser puta de vez em quando. Achava que no fundo todas as mulheres desejavam ser puta uma vez na vida e que isso era bom para elas. Era a melhor forma de conservar a noção de fêmea". **Linda / Anais Nin**

"O segredo da felicidade, ou, pelo menos da tranquilidade, é saber separar sexo e amor. E, se possível, eliminar da vida o amor romântico, que é o que faz sofrer".
Travessuras da menina má / Mário Vargas Llosa.

PRÓLOGO

O vento frio do Atlântico invade a madrugada de outono na região portuária do Recife Antigo. As frestas da janela do bar recebem a brisa do mar escuro do cais. As sombras dos navios com os cascos de ferros imponentes sombreiam as luzes e a solidão da noite. O vento alivia o cheiro acre do cigarro e da bebida no primeiro andar do salão em frente ao cenário de sombras. No ambiente em penumbra do prédio do século dezoito, as mulheres se reúnem em mesas e dançam com os poucos clientes nesse horário noturno ao som da radiola de fichas. A voz anasalada de Roberto Carlos ecoa no ambiente.

"Eu disse adeus. Nem mesmo eu acreditei, mas disse adeus. E vi cair no chão todos os sonhos meus. E disse adeus às ilusões também... vai ser tão triste olhar o mundo que era de nós dois...".

O perfume de lavanda e água de colônia das mulheres se misturam aos odores do uísque, da cachaça, dos peixes e da carne com batatas fritas. A fritura vem da cozinha por detrás do balcão, onde a comida é posta. Arrumada em bandejas e servida às mesas pelo único garçom. Um negro de feições rudes e cabelo escovinha. Forte e alto como um prédio. Simpático, mas de poucas palavras. Ele mantém o ambiente em ordem e segurança. Nenhum bêbado valentão entraria no ringue com ele. No teto uma bola prateada iluminada por espelhos quadriculados gira ao centro. Nas paredes, as luzes vermelhas são direcionadas para os quadros. A maioria pinturas de mulheres seminuas e de navios em meio à tempestade e ao mar revolto. Boias alaranjadas de lastros de navios, cordas de nylon entrelaçadas em nós firmes, âncoras de ferro gastas pela maresia; quepes, boinas brancas, entre outros objetos de temática marinha compõem a decoração.

No balcão uma mulher branca, madura e redonda com ares de donzela do passado ostenta um vestido florido. Largo o suficiente para caber o corpanzil. Mantém no ombro um pano de prato encardido. Ela o usa para limpar o balcão em curtos períodos de tempo, como se a sujeira grudasse em torno dela. A mulher controla a bebida sobre o balcão. Serve cerveja em copo americano de vidro e bebida quente em copos baixos e largos, os mesmos usados para uísque. O garçom as recolhe para levá-las às mesas. Ao lado dela está curvado um homem de costas largas. Sentado em frente à caixa registradora como um cão que guarda o quintal. Ele reversa atenção ao ambiente e ao livro de bolso que folheia sobre o colo.

Do lado oposto, próximo à janela de vidro e madeira com vista para o mar, um homem está sozinho alheio a tudo. Sobre a mesa uma garrafa de uísque J&B e um balde de gelo lhe fazem companhia. É um homem de cabelos compridos pretos e ondulados. Ele é alto, magro, de pele morena clara. Ele não se interessa por nada ao redor, mas todos o observam desde que chegou. Não é um estranho ali, mas é a primeira vez que o veem sorumbático. Nem a dona do estabelecimento, nem o cão de guarda, tampouco o garçom comenta qualquer coisa. O cumprimentaram com formalidades para que se sentisse à vontade.

As músicas que tocam na radiola de ficha foram selecionadas por ele. Colocou dez fichas e agora curte as músicas que falam em amores interrompidos. Paixões não cumpridas. Promessas esquecidas. As canções falam dele. Essa é a certeza dos que o observam. Os donos do estabelecimento estão acostumados a homens afogando mágoas no cabaré simples no bairro do Recife Antigo. Quanto mais deixá-los sozinhos com os seus pensamentos e fantasmas, mais rápida é a cura do mal incurável. A bebida é o alento para o amor que se acaba. Chá do esquecimento. Unguento de corno.

Alejandro

O homem sentado sozinho na mesa da janela observa os navios ancorados e a áurea sinistra que os envolve. Um gradil separa o asfalto da avenida de paralelepípedos do pátio interno do Porto do Recife. Um vazio e abandonado espaço portuário com guindastes e passarelas. A garrafa de uísque está pela metade. Ele vai bebê-la até entrar em torpor. Prepara-se para os maus dias de tormenta. O inferno está só começando. Quer adormecer. Esquecer. Hibernar como urso polar e acordar depois do inverno que se anuncia na fria e agradável noite do cais. Cheira uma fileira de cocaína e engole outra dose que lhe trava a garganta.

Pensa na superação da ausência e no desgosto de perder a mulher para outro homem. Como se ele fosse menos que o rival. Como se não fosse bom suficiente para superar o adversário conhecido. A velha disputa territorialista dos felinos machos pela leoa na selva africana. Alguém sai ferido da arena dos leões e é expulso da alcateia. Ele é o velho leão ferido a vagar sozinho na savana. Em breve voltará à antiga prática de caçar presas selvagens e de viver sozinho. Alejandro olha para a vida e teme os dias que virão. Ele, sempre tão seguro de si, tem medo.

"Animal arisco. Domesticado esquece o risco. Me deixei enganar e até me levar por você... eu sei o coração perdoa, mas não esquece à toa"

A voz de Roberto Carlos invade os pensamentos e dá a sensação de que toda música é sobre ele. "A música tem esse poder", ela disse uma vez quando estavam deitados no sofá da varanda do apartamento em Boa Viagem de frente ao mar. Ouviam Caetano cantar 'Fera Ferida'. Ele concordou. "Sim, a música tem esse poder". Ele se acostumou a ela. Juliana. Juliana. Quantas vezes a mente vai repetir esse nome até se tornar insuportável? Repassa o que viveu nesses últimos três dias de sua vida. Sente-se um idiota. Sua autoestima está no lixo.

Alejandro decidiu morar no Recife, oito anos atrás, depois de viver por nove anos na Espanha. Recifense, filho de pai espanhol e mãe pernambucana, viveu entre as duas cidades até a juventude. Aos vinte anos fixou residência em Madri. Formou-se em Produção de Arte e Eventos Culturais na cidade balneária de San Sebastian, na costa oeste espanhola. Trabalhou como produtor cultural numa agência de eventos internacionais rodando pela Europa, Ásia e Oceania com algumas das maiores bandas de rock. Tem foto ao lado dos integrantes da Rolling Stones e outra sozinho com Mick Jagger num jantar de negócios, em Londres. Ambas as fotos ostentam a parede da produtora no bairro do Recife Antigo.

Ao se mudar para Recife em mil novecentos e noventa abriu a Produtora de Eventos, Cinema e Arte da Resistência – PECAR. A cidade estava em efervescência cultural na passagem dos anos oitenta para os noventa. Com a expertise de produção na Europa montou uma produtora de grande estrutura para atender o Nordeste. Absorveu o mercado de entretenimento no Recife e na capital vizinha João Pessoa. Produziu filmes, espetáculos de teatro, dança, shows, turnês de artistas internacionais e levou os nacionais para turnês no exterior. Logo se tornou bem-sucedido produtor artístico empregando centenas de pessoas e movimentando a cena cultural na região, atraindo patrocinadores nacionais e do exterior.

Deixou-se levar pela vida na cidade abaixo da linha do mar e quente na maior parte do ano. Solteiro, bem-apessoado, rico e descolado mantém um séquito de mulheres disponíveis. Foi assim até pouco mais de um ano e meio atrás, quando conheceu Juliana. Na Espanha foi casado com a dançarina de flamenco Marcella, jovem espanhola de beleza única. A pele alva como nuvens brancas em dia de céu azul e sol forte. Os cabelos negros compridos e encaracolados, compridos abaixo dos ombros. Olhos pretos como a noite sem lua na praia. O sorriso discreto em dentes alvos de sexualidade tímida. Ao vê-la mexer as mãos e marcando o ritmo com o sapateado marcante, apaixonou-se. O corpo reagia ao som nas evoluções das mãos, dos pés e do rosto ao som rápido do violão flamenco.

Olhou-a de relance e por um segundo os olhos se cruzaram. Ficaram juntos nessa mesma noite e separaram-se três anos depois. O casamento acabou por uma traição. Imperdoável para ela. Um quase nada para ele. "Só sexo". O agravante de flagrá-lo com a amiga dela. Dentro da casa deles. Na cama do casal onde faziam amor. Não foi a primeira traição do casamento. Ela o perdoava, depois de brigas e promessas nunca cumpridas. Mas ver a traição na cama onde ela dormia foi demais. Ela nunca mais olhou para ele. Houve uma única conversa por telefone. Depois ela sumiu no mundo como quem morre e não deixa o endereço da lápide.

A separação o motivou a sair da Europa. Morar no Brasil, na cidade do Recife, foi a opção. Vendeu quase todo o patrimônio, deixou alguns sob administração de um escritório imobiliário e, aos vinte e nove anos, voltou ao lugar onde nasceu para recomeçar a vida. Passou um ano viajando pelo país antes de fixar residência. Transando com todas as mulheres que cruzavam o seu caminho. Foi do sul do país ao norte dirigindo sozinho uma caminhonete Ford 250 à diesel cabine simples. Viajou sem pressa. Parando nos lugares, se divertindo e indo embora sem olhar para trás. Deixando viúvas pelo caminho. Planejando o que faria quando parasse para a vida normal de empresário cultural bem-sucedido.

Nesse período, Juliana vivia no Leblon com os avós paternos Eulálio e Amanda. Uma jovem a caminho da vida adulta, após superar uma fase difícil na adolescência. O destino traçava a rota de colisão de ambos, quando eles nem se imaginavam existir. O encontro improvável de duas pessoas de mundos, idades, lugares, costumes e padrões diferentes. Quando Alejandro passou pelo Rio de Janeiro e, lá permaneceu durante trinta dias, visitou praias, montanhas e a vida noturna da cidade. Por uma ocasião, ele e Juliana estiveram no mesmo ambiente. Na última noite do bar Crepúsculo de Cubatão, em Copacabana. A boate gótica dava sinais de fadiga, após funcionar por cinco anos com a casa lotada. O ambiente escuro era adequado aos anos mil novecentos e oitenta na fase pós-punk, news wave, dark, gótico londrina. Tudo junto, misturado, quase sem atrito entre as tribos.

Juliana só foi uma vez. Na última noite em mil novecentos e oitenta e nove. Alejandro estava por lá. Era apenas mais uma das muitas noites que foi enquanto esteve no Rio. Com a diferença de dez anos de idade entre eles é improvável que ela sequer o olhasse, por mais bonito e charmoso que fosse. Juliana tinha dezenove anos de idade. Estava acompanhada do namorado Lucas e de outros amigos da mesma faixa etária. Ela fazia sexo há um ano. Juliana era reservada e contida nas relações pessoais. Nunca daria atenção a um estrangeiro mais velho. Desconhecido, aventureiro, cheio de boas más intenções sexuais. Um predador noturno rondando a boate de onde nunca saiu sozinho.

Mesmo assim o destino traçava o encontro deles. À revelia. Sem que pudessem imaginar ou evitar que oito anos depois fossem amantes em outra cidade. Para celebrar o amor, o sexo e tudo o que vem atrelado ao pacote da felicidade e do infortúnio. Naquela noite inocente de uma boate em despedida, cada um vivia o seu mundo próprio e os conflitos embutidos nele. Seria impossível, mesmo se trocassem duas palavras naquela noite, sugerir algo grandioso entre eles, além da mera formalidade de um cumprimento noturno no ambiente de uma boate. Não há como prever o destino, a não ser deixá-lo acontecer.

Tudo que é determinado pelo fortuito, pela providência e pelas leis naturais da vida pode mudar. O alinhamento cósmico dos planetas, dos hemisférios, das luas e das marés são elementos em conjunção que influenciam os seres humanos. Ninguém está livre da influência universal. O homem é a parte de um todo e este todo se alinha ao homem. O destino trama os caminhos. A força misteriosa suspensa no tempo e no espaço o leva ao céu e ao inferno; à alegria e à amargura. Alívio e dor. A linha mágica move vidas que se cruzam e permitem o encontro em algum lugar do planeta. Para o bem ou para o mal. O encontro de dois seres num mesmo espaço de tempo e lugar. Duas almas e dois corpos se cruzam para celebrar o amor, o sexo, a tristeza, o ódio, as dúvidas; todas as incertezas da vida. A história do mundo traçada em dois seres unidos pela conspiração universal. Não há força que impeça o acontecimento. É o choque inevitável guiado pelo destino e a sorte do encontro. Do aprendizado de sobrevivência depois da tempestade. O mar revolto que mesmo o sabendo revolto se ousa enfrentar. Pela recompensa. Não se permitir dar chance ao destino e à sorte é não se permitir viver. Arrepender-se do que não se faz é pior do que fazê-lo errado. O erro é aprendizado. O não feito é a dúvida. É terrível viver na dúvida. Quando duas almas estão forjadas a se encontrar, elas se encontrarão. Sem planejar. Sem marcar. O universo conspira para o encontro. Juliana e Alejandro estiveram num mesmo ambiente por uma noite, mas só oito anos depois se encontrarão. Não poderia acontecer antes. A magia tem seu tempo. Não era para se encontrarem ali, só lá na frente. Da mesma forma como o outro homem, Rodolfo, irá cruzar o caminho dela e cumprir o destino traçado pela conspiração cósmica. Um encontro casual num lugar público numa tarde qualquer de verão. Se ela não tivesse ido àquele dia ou se ele não estivesse lá; ou se ela saísse cinco minutos antes. É um mistério nunca desvendado pela ciência, porque é etéreo. É preciso crer na sorte e o no destino para permitir o acontecimento. Deixar que chegue sem parecer lhe fugir. Não se deve procurar o destino e a sorte. Eles são inerentes à vida. Permita-o aceitá-los. Eles o encontrarão.

RIO DE JANEIRO

Amigo do pai

Juliana Pontes Cavalcanti é a filha única do casal Ricardo Lopes Pontes e Elisa Cavalcanti. Eles morreram quando ela tinha dezesseis anos. Herdou uma fortuna com a morte precoce dos pais. Herdaria mais com a morte dos avós paternos. Ela recebe dividendos de ações do Grupo FTX do amigo e sócio de Ricardo, o empresário bilionário Fernando Albuquerque. O dinheiro herdado lhe garante segurança por toda a vida. Juliana é uma mulher econômica de hábitos simples; sem ostentações, nem afetações de novo rico. Desde que perdeu os pais no Recife se mudou para o Rio de Janeiro para viver com os avós Eulálio Lopes Pontes e Amanda Constantino Pontes de Alcântara. Ela fez vinte e seis anos na data de vinte e um de novembro de mil novecentos e noventa e seis. Último dia de escorpião. Ela não dá a mínima para signos, mas todos a relembram para justificar o seu jeito de ser. Juliana tem a pele morena-clara queimada do sol carioca no trecho entre a Pedra do Arpoador e o Pontal do Leblon, o seu universo particular. Ela mantém os cabelos negros, lisos e compridos abaixo dos ombros. Tem os olhos cor de mel escuro, quase pretos como as noites sem lua. Os seios são fartos e firmes. O quadril largo sustenta a traseira curvilínea. As coxas firmes se esticam em pernas longínquas. Tudo se move ao mesmo tempo sobre um metro e setenta de altura.

Juliana mora num apartamento do edifício Rosalina Brand, na avenida Delfim Moreira, no Leblon, ao lado do parque Jardim de Alah. Amanda e Eulálio moram no bairro por toda uma vida. Eles a criam como a filha-neta e cuidam para que tenha a melhor educação. Ela se formou em Administração na Pontifícia Universidade Católica, aos vinte e dois anos. Emendou um MBA *International Executive Prime* em Gestão Financeira, na Fundação Getúlio Vargas, e fez estágio por três meses na Califórnia, nos Estados Unidos. Depois atuou como consultora do Grupo FTX, do amigo e sócio do falecido pai. Fernando é o sócio majoritário da *holding*. Um hedonista com quem Juliana aprendeu a lidar com o mundo corporativo e alguns truques do sexo. A relação íntima com Fernando começou na festa de aniversário de cinquenta e cinco anos dele, no iate Corsário, em Angra dos Reis. Uma noite de verão onde os convidados estão à vontade em trajes de banhos, bermudas e shorts. No deck da embarcação de dois andares há uma mesa com champanhe, uísque, vinho, cerveja, lagosta, ostra e camarões. Não há garçons nem empregados. Apenas seguranças em outra lancha.

Fernando está sempre acompanhado de mulheres jovens e belas. A maioria prostitutas profissionais do sexo de alto nível social. Fernando mantém a saúde e a forma com exercícios e boa alimentação. Trabalhou cedo para construir um império. Casou-se três vezes. Os casamentos nunca passaram de quatro anos. Não consegue se manter fiel nas relações. As esposas participavam dos jogos de casais e *ménages*, mas ainda assim Fernando precisa da sensação de trair. A compulsão de sexo escondido da esposa, mesmo sabendo que ela dividiria a cama com três ou mais pessoas. Homens e mulheres.

A mulher jovem é sua presa usual na cadeia alimentar urbana dos que podem pagar caro por sexo. Sempre mulheres maiores de idade a partir dos vinte e um anos. Nunca se rendeu à solidão: "Não dou tempo". Foi casado com uma modelo com quem mantém amizade íntima e sexo ocasional. Está sempre envolvido em novos projetos. Apaixonado por mais uma conquista e viajando pelo mundo a negócios e lazer. Mas esta noite no iate é especial. Fernando deseja Juliana mais do que qualquer outra mulher. Não tem peso na consciência. Ele não quer casar, nem ter filhos. Juliana é a jovem filha do seu falecido amigo e sócio. Ele vai protegê-la para sempre. Mas ela agora é uma sedutora mulher de vinte e seis anos disposta a foder com ele. Ele também quer. Ambos são adultos. Não há crime legal. Talvez um pouco de imoralidade que lhe aumenta o desejo. Ele quer comê-la, quer sexo. Ele é o padrinho-protetor confiável.

É madrugada no iate. Todos estão bêbados e desinibidos. Casais fazem sexo no convés. Na sala e nos sofás do iate. O ambiente é de orgia. A ex-mulher de Fernando está acompanhada de um homem mais jovem, um deus de ébano, transando em algum lugar da embarcação. Fernando está descalço com sandálias de dedo, bermuda branca e camisa preta de algodão. Ele oferece mais uma taça de champanhe para Juliana e a abraça por detrás. Encosta o membro duro. Ela se vira e lhe dá um beijo na boca, apertando o falo sobre a bermuda folgada e ereta. O primeiro beijo entre eles. Eles descem para a suíte exclusiva e reservada de Fernando. Ela está com um maiô branco e cavado. Uma blusa branca de botão por cima e um short branco e folgado. Dá para ver o fio do maiô entre as coxas. Ele deita na cama para acompanhar o show. Não tem pressa. Ela tira o short e sobe na cama. Anda sobre o corpo dele. Uma ponta de carne abaixo da cintura pula para fora da bermuda. Ela exibe as pernas abertas e abaixa devagar o maiô. Desce-o abaixo do umbigo até expor os pelos pudicos cortados retos e lisos nas laterais. Desliza o maiô sobre o rosto de Fernando, deixando-o ver por entre as coxas a joia que será dele. Fernando se masturba devagar. Juliana desce o corpo até se sentar em seu rosto. Ela apoia as mãos sobre a base de madeira que circunda a cama e se deixa ficar ali para ele a satisfazer.

É a primeira vez deles, mas é como se ela soubesse o que ele gosta. Ele nunca a desrespeitou em toda sua infância e adolescência. Só após a morte dos pais, da crise emocional que teve pela perda e depois de ela completar a maior idade foi que ela percebeu o desejo no olhar dele. Se houve antes, ele escondeu. Ainda bem. Ela não estaria ali naquele momento. Ela nunca perdeu a confiança nele, porque ele nunca fez qualquer coisa que a fizesse perder. Nenhum desrespeito ou avanço que a assustasse. Ela está ali, por livre vontade e porque também o deseja. Sentiu atração quando percebeu o desejo. Fernando nunca daria um passo adiante se não fosse retribuído. Ela resolveu abrir espaço para a intimidade quando começou a trabalhar nas empresas. Deixou-se ser seduzida. Olhando-o como homem, não como o velho amigo do pai; um tio, padrinho ou alguém da família.

Com a maturidade sexual, Juliana derrubou tabus e aprendeu a separar sexo de amor. Decidiu que não vale esperar um grande amor para ter sexo com frequência. Também não gosta da ideia de trocar de pau como quem troca de calcinha. Basta um amigo de confiança para resolver. É uma mulher prática. Não transa com inimigos. Ela goza sentada sobre o rosto dele. Solta tudo o que precisa para ser feliz. Está excitada com a situação. "*O cara mais velho. Amigo do meu pai. Conheço desde menina*". O pensamento lhe vem ao mesmo tempo que goza e quanto mais ela pensa mais aumenta o prazer. Ela faz um giro de cento e oitenta graus e o abocanha selvagem. Pega um preservativo ao lado e rasga o envelope olhando para ele. Ela o coloca devagar. Observa as reações como parte do ritual do amor. Fernando se levanta e a beija na boca. Sente o corpo nu colado ao dele. Ela fica de costas com os joelhos apoiados no colchão. Empinada com a barriga rente à cama e as pernas abertas. "Me fode".

Juliana

Quando Juliana chegou do Recife para morar no Rio de Janeiro com os avós era uma adolescente de dezesseis anos. Gostava de música, shopping, garotos e de aproveitar as praias do Recife. Trouxe com ela o peso da morte dos pais Ricardo e Elisa num acidente de carro em Pernambuco. O carioca Ricardo era o irmão mais novo de um casal de filhos. A irmã dele, Juliana, morreu num acidente aéreo na floresta amazônica, quando o bimotor em que viajava caiu com uma equipe de pesquisadores. O grupo estudava tribos indígenas e as formas de garantir a preservação da cultura na Amazônia brasileira.

Todos os corpos foram encontrados junto aos destroços, menos o de Juliana. Um mistério e uma esperança que os fizeram procurar durante meses. Os índios a chamavam "Irmã Branca". Eles acreditam que o seu corpo e a sua alma foram absorvidos pela floresta. "O espírito dela agora é parte da Amazônia", declarou um cacique numa cerimônia indígena em São Gabriel da Cachoeira, no estado do Amazonas, onde Ricardo participou. A versão foi aceita pelo irmão, pois sabia que este seria o desejo dela. Em homenagem à irmã deu o nome dela à filha única que nasceria um ano após a morte da tia.

A mãe de Juliana é a pernambucana Elisa Cavalcanti, arquiteta e decoradora. É a irmã mais velha da caçula Helena. Ela conheceu Ricardo Pontes numa reunião de amigos no Recife. Eles se apaixonaram e Ricardo se mudou do Rio de Janeiro para Recife, onde há empresas e negócios ligados ao Grupo FTX. O pai de Juliana era sócio minoritário de Fernando Albuquerque. O casal viveu na capital nordestina por quase vinte anos até o acidente na Estrada de Aldeia. Sem os pais, Juliana foi morar no Leblon com os avós paternos Amanda e Eulálio. Abatidos pela perda de mais um filho, a neta foi como a luz da esperança e do alívio de suas almas partidas. Juliana não tem avós maternos. A pessoa mais próxima é a tia Helena que mora no Recife e se ofereceu para cuidar da sobrinha. Elas se dão bem, mas os avós não abriram mão da única neta. Precisavam dela para superar mais uma perda. A vivacidade e juventude de Juliana encheram a casa de alegria. Eles a amaram como filha-neta. Ela soube da mesma forma amá-los com igual importância. A eles dedicou atenção e carinho por imaginar-lhes a dor.

- Na ordem natural da vida, os pais morrem antes dos filhos. Quando o oposto acontece, é insuportável minha filha, disse-lhe a avó Amanda. - Temos sorte de tê-la com a gente.

- Mesmo idosos sempre estaremos ao seu lado para protegê-la, assegura Eulálio. - Você vai sempre contar com o nosso apoio.

Os laços que uniam Juliana aos pais eram fortes. Havia cumplicidade. Ricardo e Elisa se dedicavam a ela. Mesmo com o pouco tempo de convivência, a criação de base na infância e pré-adolescência lhe moldou o caráter. Valores éticos de honestidade, solidariedade e justiça pelas pessoas e pelo planeta a fez ter um espírito guerreiro e vencedor. Ensinaram-na a lidar com dinheiro. Moldaram-na a entender que ser rica não a fazia melhor do que os menos desfavorecidos. Que o princípio do olhar ao outro está sempre acima do egoísmo de pensar apenas em si. Que ajudar as pessoas é a maneira certa de usar o dinheiro. Mesmo com os problemas aos quais passou depois da morte dos pais, ela não perdeu o foco nos ensinamentos. Conseguiu ser a moça rica sem arrogância. Nem sempre foi simples, porque lidou com gente de classe alta que precisava se exibir como forma de ser aceita.

- Não é porque você nasceu numa família abastada que deve se julgar acima do bem e do mal. Superior às demais pessoas. É importante ter bens materiais, mas não pode ser a coisa mais importante da vida. Não adianta 'ter' dinheiro, se não conseguir 'ser' alguém querida além do que o dinheiro lhe representa. Se as pessoas gostam de você pelo dinheiro, significa que você não as conquistou, mas sim que as comprou, disse-lhe Ricardo em algum momento da pré-adolescência.

Juliana não foi uma filha problemática, desajustada ou rebelde. Os problemas quando ocorriam eram tratados sem falsos moralismos ou tabus que os impedissem de serem expostos em conversas francas. Ricardo e Elisa conversavam sobre sexo, drogas, problemas familiares e outros assuntos delicados que julgassem importantes para a formação de Juliana. Não houve mentiras entre eles. Esta criação influenciou na personalidade forte, no jeito próprio de ser e nas atitudes. Não foi por drama nem fraqueza que Juliana ao receber a notícia da morte dos pais entrou em choque. Ela permaneceu sob cuidados médicos e observação por quase dois anos. Um período difícil. Quando superado, transformou-a numa mulher segura e determinada em busca da felicidade. Ela saiu do fundo de um poço para o mundo de luz. Muitas vezes achou que não aguentaria viver sem os pais. A possibilidade de suicídio era o maior temor dos avós, psicólogos e psiquiatras.

Nesse período Fernando desempenhou papel importante. Mais do que amigo e sócio do pai, tornou-se um tio ou irmão mais velho. Um parente próximo com quem ela pode contar. Fernando foi o conselheiro no qual Juliana expôs a sua dor. Ela chorou em seu ombro e ele foi amigo em toda a trajetória de recuperação. Ele não deixou que nada lhe faltasse e resolveu todos os problemas de ordem burocrática em relação aos bens e à herança. Os advogados do Grupo explicaram tudo para os avós e para ela. Abalados pela perda e preocupados com a neta, mal tinham cabeça para pensar em si, quanto mais em questões práticas de contratos, cláusulas, documentos, procurações. Contadores habilidosos destrinchavam tudo para que não houvesse dúvidas na lisura dos papéis. Resumos escritos em linguagem simples para que lessem os documentos antes de assiná-los.

Assim Juliana soube que era proprietária de imóveis no Recife. Propriedades comerciais e residenciais que um dia precisaria resolver o que fazer com eles. Ela relutava em voltar ao Recife. Tinha medo de sentir de novo o que sentiu no velório dos pais. Tinha medo de ativar o gatilho que a fez cair em depressão, tomar remédios e ser atendida por médicos. O medo precisa ser enfrentado, mas é um sentimento de autoproteção. Senti-lo era o sinal de que não estava pronta para reencontrar o passado. Saberia quando o momento chegasse. O dia de voltar a Recife e rever os lugares onde viveu com os pais.

Amigos para sempre

Juliana divide o tempo no Rio de Janeiro entre a faculdade de Administração, a praia e os passeios no calçadão entre os postos doze e sete, do Pontal do Leblon à Pedra do Arpoador. Além de festas, cursos, cinema, academia, natação e tênis. Aos vinte e três anos ainda não encontrou quem lhe despertasse o amor. Não está em busca. Deixa o tempo fluir com as suas decisões irremediáveis. Diverte-se entre amores sem força e sexo sem amor. Ela perdeu a virgindade aos dezoito anos com o amigo Lucas da mesma idade e colega de sala no ensino médio do Colégio Santo Agostinho. Eles se identificaram logo que se conheceram. Luquinha contou que era filho único e morava com a mãe. O pai morreu quando ele tinha dez anos de idade. Acidente de carro. Juliana contou a história dela. Todos sabiam que ela havia perdido os pais no Recife; que foi morar no Rio com os avós, conhecidos e respeitados no Leblon. Eles são de família tradicional e moram no mesmo prédio na avenida Delfim Moreira há meio século. Mas ninguém sabia o que a tragédia causara nela.

Houve apresentação na sala pela diretora, a professora e a psicóloga educacional sugerindo que todos acolhessem a nova colega. Todos deram-se às mãos. Cantaram louvores. Disseram palavras de carinho e acolhimento. A realidade viria depois como o iceberg atingindo o casco do Titanic. Ela chegou no segundo ano do ensino médio. A turma está junta desde o ensino fundamental. Grupinhos formados. Fechados. Ela tem sotaque nordestino. É a pernambucana problemática; *"du Norti, di ricife"*. Tudo isso no meio de uma recuperação psicológica difícil. Remédios, terapia, choros, convulsões, lágrimas, risos histéricos; medo de sair, medo de gente; do elevador e da rua. Crises nervosas intensas. A cada manhã um novo parto. Faltas em aulas e provas. Um atestado médico sobre o outro. As saídas autorizadas no meio da aula. A desconfiança inicial da maioria. A certeza final de todos. *Carrie*, a estranha. Ninguém sabia o que se passava, a não ser a direção do colégio.

Luquinha ficou ao lado dela desde o início. Ele era o rebelde infiltrado. Não gostava do colégio. Estudava lá, porque era o melhor do bairro e perto de casa. Aprendeu a driblar a maldade humana. Lucas mora com a mãe no edifício Negresco, na avenida Vieira Souto, em Ipanema, vizinho ao edifício Rosalina Brand, no Leblon, onde mora os avós de Juliana. Os dois bairros são divididos pelo parque Jardim de Alah. A mãe de Lucas, Lucia Maria, passava de carro com o filho para pegar Juliana. Ela os deixava no colégio e os buscava. Às vezes, eles voltavam caminhando pela orla. Chegar ao colégio acompanhada do amigo foi importante para Juliana criar um processo motivacional interno para sair de casa.

Lucas soube de tudo. Ela contou ao confiar nele. Apesar de se dar bem com todos, Lucas se mantinha independente dos grupos. Não admitia patrulhamentos nem controle sobre o que fazia. Ele assumiu a proteção de Juliana. Isso espantou quem ousasse fazer mal à sua amiga. Ela estava fragilizada. Sem forças para encarar algo além do monstro dentro de si. Não tinha como enfrentar outro mundo além do colégio. Um ritual que cumpriu para não se atrasar. O colégio era importante demais para ela perder por causa da doença. Aos trancos e barrancos fez o segundo e o terceiro anos do ensino médio. Ainda passou em Administração no vestibular da PUC carioca.

Ao saber do resultado ao lado de Luquinha, ela chorou no ombro dele. Eles vão se separar. Lucas passou em Arquitetura na Universidade Federal do Rio de Janeiro. Eles vão estudar em lugares diferentes. Faz um ano que eles transam. Aconteceu no início do último ano letivo do ensino médio. A amizade completara um ano. Eles se visitavam. Os avós o adoram. A mãe dele ama Juliana. Conversavam quando ela precisava de orientação. Autorizado por Juliana, Lucas contou a dificuldade emocional da amiga. Todo esse acolhimento lhe deu segurança para que Lucas fosse seu primeiro homem. Eles pegavam uma praia no Posto 9, em Ipanema, quando ela disse:

- Vamos transar na sua casa? Você é o meu melhor amigo. Eu adoro e confio tanto em você. Queria perder a virgindade com você. Se eu entrar na faculdade no fim do ano, não quero ser a única virgem da sala.

Eles sorriram.

- Se você quiser faz de conta que estamos apaixonados, ela disse.

- Não estamos? Você vai me dar esse prêmio à toa? Ser o seu primeiro homem é um privilégio.

- Eu gosto de você como amigo. Não estou na fase de gostar de alguém, se não gosto nem mesmo de mim, Juliana disse, melancólica.

Abanou a cabeça e pediu desculpas.

- Você não me deve desculpas por nada. Estou aqui com você. Somos melhores amigos. Isso pode ser mais importante do que romances malcuidados.

Ela assentiu contida. O abraçou e o beijou na boca. Eles se beijaram pela primeira vez. Na areia da praia. Debaixo do sol, de frente ao mar de Ipanema. A casa dela. O segundo lugar do mundo onde se sente segura.

- Não tenho ninguém da minha idade em quem confie mais, Luquinha. É um pedido. Você não é obrigado se não quiser.

Ela fez charminho como se ele fosse recursar a proposta.

- Ju, você é linda demais. Eu adoro você. Eu nunca disse essas coisas para não atrapalhar nossa amizade. Mas é claro que eu topo fazer amor com você. Ser o seu primeiro homem. Se você quiser a gente avança algumas casas e namora.

- Vou pensar sobre isso. Acho que gosto da ideia de ter você como namorado-amigo. Fazendo sexo com regularidade. Segura, tendo você só para mim.

- Eu estou a fim. Vou gostar de ser o seu primeiro namorado no Rio e o último no ensino médio, antes de você virar universitária disputada por todos.

- Não sei se vou passar...

- Se depender de mim, vai. Vamos estudar juntos. Virar noites no meu quarto.

- Estudando? Ela disse sorrindo.

Riram juntos. Abraçaram-se e se beijaram.

- Depois que eu começar não vou parar, viu?

- Você é a garota mais incrível que já conheci.

- Você também é um amor. Dei muita sorte de encontrar você naquele colégio de burgueses metidos. Acho que não sobreviveria a eles sem você.

- Nós dois demos sorte.

Eles fizeram amor no quarto de Lucas no horário em que a mãe dele, Lucia Maria, não estava. Lucas foi carinhoso e paciente. No Recife, ela tinha experimentado algumas brincadeiras sexuais com namorados, mas não foi até o fim. Ele a observou ficar nua. Ela tirou a mini saia jeans e o topete. Ficou de calcinha branca dentro do corpo perfeito aos dezoito anos. O bronzeado mostra as marcas de um biquíni pequeno. Ele pediu para ela desfilar em cima da cama e falar *your are the best man of world*. Depois eles se deitaram. Ele a beijou.

- *I love you.*

Ela gargalhou.

- Falso.

Eles riram.

- *Believe me. I love you.*

Lucas se esforçou para que o primeiro sexo fosse uma experiência que a deixasse com boas recordações. Ele sabe que ela não está curada. O gatilho do revés pode acontecer por algo tolo. Ele vai fazer de tudo para protegê-la e não deixar acontecer. Juliana ouviu de amigas que a primeira vez é ruim. Ela não queria sentir o sexo assim. Queria que fosse divertido. Simples e alegre como arte. Ela não espera o príncipe encantado com quem viverá feliz para sempre até a morte os separar. Não acredita em hipocrisias religiosas, fantasias da Disney, nem na felicidade eterna. É romântica, mas não gosta da ideia do homem ideal; certo, perfeito. Acredita na liberdade individual de usar o corpo da maneira que lhe convir. Encara a felicidade como o direito de ser e fazer o que não faça mal ao outro.

Juliana e Lucas transaram muitas vezes na casa dele e algumas no quarto dela. Foram namorados-amigos até o final do ano no colégio, quando saiu o resultado positivo do vestibular para ambos, cada um numa faculdade. Eles se afastaram como namorados, mas continuaram amigos e vizinhos de prédio. Se falando por telefone. Se encontrando na praia, nos bares, nas barracas de frente ao apartamento deles, nas caminhadas na orla. Na faculdade eles tiveram os seus próprios novos amores. Juliana conheceu o segundo homem; o terceiro, quarto e parou de contar. Eles continuaram amigos e confidentes.

Um dia Lucas pediu para conversar com ela. Ele está namorando. Um carinha de outra sala da UFRJ. Lindo. Ele já assumiu para dona Lucia que foi tranquila. Disse que o quer feliz e isso não muda nada. Ele continua sendo o filho querido dela.

- Meu Deus, que mulher maravilhosa é a sua mãe, Luquinha. Por favor, diga que mandei um beijo enorme. Ela só me dá orgulho.

- Pois é, eu queria que você fosse a segunda pessoa a saber.

- Conheço você tão bem, Luquinha. Sempre soube que isso iria acontecer. Estou muito feliz por você. Espero que me apresente logo esse felizardo.

- Claro que você vai conhecê-lo. Já falei da minha protegida para ele. Obrigado Ju, por você ter aparecido na minha vida. Fico tão feliz de ver você bem agora. Recuperada. Tenho orgulho de ter ajudado nesse processo. Só me faz gostar ainda mais de você. Mas foi a sua força interior quem a salvou.

- Você foi uma parte essencial. Você, meus avós, esse lugar, a visão desse mar. O desejo de me libertar e poder andar na areia da praia. Você é o meu anjo da guarda. Eu só posso lhe agradecer pela paciência naquele tempo.

- Vamos sempre contar um com o outro.

Eles se abraçaram e ficaram sentados na areia, debaixo da torre do Posto 12.

Rio

Juliana está pronta para o amor. Aguarda tranquila o destino lhe bater à porta. Tem boas amizades. É querida entre os amigos. Enquanto o destino não a presenteia com o amor verdadeiro, ela namora. Tem casos e sexo casual. A sorte é companheira dos bons de espírito. Dos que praticam boas ações e torcem pelo sucesso alheio. A sorte é também parceira de quem busca oportunidades para estar no lugar certo, na hora certa. Ela acredita que o destino e a sorte lhe farão conhecer alguém especial; e saberá quando isso acontecer. Por enquanto vive cada momento como único, acumulando milhas de felicidade.

Ela estava com vinte e quatro anos quando conheceu Rodolfo na Pedra do Arpoador. No final da tarde de uma sexta-feira. Ela fumou um baseado olhando os surfistas e esperando o pôr-do-sol. Ama o lugar que separa Ipanema de Copacabana. É o seu lugar preferido no Rio de Janeiro. Conhece quase todo o estado do Rio. Já rodou pelas praias com o Land Rover Defender 90. Foi no Espírito Santo e na Bahia. Em São Paulo, Curitiba e Santa Catarina. Gosta de estrada, mas a magia de se sentir em casa e ser este o melhor lugar do mundo só acontece ali.

A baía acolhedora entre as duas pontas de rochedos e o mundo se movimentando em volta. Surfistas, banhistas, ciclistas, corredores, marombeiros, praieiros, barraqueiros, crianças, moradores, turistas, visitantes. O vai e vem infinito de gente entre os dois bairros onde é a sua casa. Ao longe vê a fachada do prédio na avenida Delfim Moreira, de frente para o mar. Pensa na sorte de morar ali depois da tempestade que a atingiu. No destino que a fez vir para este lugar mágico. Pensa nos avós. Na sorte de tê-los.

Acabou a faculdade de Administração. Foram os melhores anos de estudo. Tão diferente do ensino médio. Está acabando o MBA. Fez estágio de três meses na Califórnia. Quanta coisa boa lhe aconteceu desde que superou o trauma. O que lhe falta agora? Voltar ao Recife. Encarar a última etapa do tratamento. Ainda não quer fazê-lo. Não é o momento. Amar e ser amada? Sim. Sentir algo mais forte. Não consegue se apegar. Não consegue sentir emoção além do desejo e da atração sexual. Vai acontecer. Vai. Não se desespere Juliana. Ansiedade não é uma emoção favorável. Você já aprendeu a técnica de lidar com isso. Use-a. Ela respira fundo e muda o foco do pensamento. Volta a pensar de maneira positiva.

A vida entre dois rochedos

Só quem mora ali entende. Juliana não foi para o Rio de Janeiro por vontade própria. Gostava da vida no Recife. As lembranças estão apagadas ou borradas. A mente as bloqueia como autoproteção. Ela chegou ao Rio por uma tragédia familiar. Ficar órfã aos dezesseis foi avassalador. Os dois pais de uma vez. Os melhores pais do mundo. Não sobrou nada para ela se apegar. Nem uma irmã. Nenhum chão para pisar. As pessoas que ela confiava e cuidavam dela se foram de um dia para o outro. Ela não vai vê-los ficar velhinhos. Não cuidará deles. Não vai comemorar com eles as conquistas, nem ter o apoio nas derrotas. Nunca saberá como seria a vida com eles. Ela sabe como é sem.

É obrigada a respirar e sobreviver como um náufrago no meio do oceano. Ela sabe o que é ser um náufrago em terra. É se afogar deitada no sofá da sala olhando o mar pela janela sem forças para reagir. Nada a impede de levantar e continuar, a não ser o peso de uma tonelada no corpo. Você está sozinha com pessoas ao seu lado oferecendo apoio, conforto e segurança todo o tempo. "Você não está sozinha", eles dizem. Você acredita, mas não importa. Você continua doente. Porque a doença é mais forte do que a sua vontade. É você contra você mesma. Uma luta inglória. Os dois *vocês* lutando para saber quem vai sobreviver ao corpo inerte. A cabeça remói pensamentos contraditórios. Exaustão e remédios. Maratona sem fim. Um ano de lutas que mudaram a sua vida. Vencer a batalha e sair do labirinto foi como ganhar uma nova chance. A visão do mar é a lembrança mais forte que guarda do processo de recuperação. Conexão estabelecida para sempre.

A cor azul. Os avós velhos e o mar jovem. As únicas coisas que lhe prendem ao mundo dos vivos. Oito anos se passaram desde então. Oito anos olhando o mar e morando com os avós no bairro vizinho a Ipanema e Gávea. Hoje é como se tivesse nascido no Leblon. Superou a adaptação junto com as crises de pânico. Ao chegar do Recife na fase aguda da crise, o bairro era hostil. A praia sempre linda do verão ao inverno soava-lhe ameaçadora. Ela gosta de praia desde criança, mas assustou-se com o mar. "A água é gelada. O sol é quente. As ondas são fortes". Não precisava muito para desistir de enfrentar o medo. Foram três meses de confinamento. Depois as primeiras tentativas frustradas de sair. Em seguida os primeiros avanços na superação.

Até o primeiro dia em que saiu sozinha para caminhar no bairro. Com um celular no bolso dando notícias de onde estava. Um ano depois de ver o bairro pela janela do apartamento e do carro e de só caminhar na segurança de estar acompanhada. A sensação de descer sozinha pela primeira vez à praia. De atravessar a avenida. De tocar os pés na areia fofa e caminhar na areia molhada. Caminhou os quatro quilômetros de um canto ao outro, do Pontal à Pedra.

Depois de novo no dia seguinte; e no outro, fez o trajeto por duas semanas até que o processo se tornasse repetitivo como um aprendizado prático.

A mente sabia o que a esperava. O corpo seguia a segurança do processo estabelecido. Um gesto simples para qualquer um. Uma vitória para ela. Superar a etapa de caminhar sozinha na areia incluía superar o processo de pegar o elevador e cumprimentar quem está nele. Dizer bom-dia ao funcionário na portaria e aos empregados do prédio, olhando o ser humano como alguém que você não precisa fugir. Atravessar a Delfim Moreira no semáforo. A recompensa de sentir os pés na areia fofa. O esforço valia tanto a pena que foi mais um motivador. A mola que a fez sair da caixa onde estava.

Aquele trecho de praia foi a terapia eficaz. Sentar na areia para ver o sol nascer. Tocar na areia com as mãos e chorar pelo gesto simples tão grandioso. Chorar por estar ao ar livre. Por sentir que o pior vai ficando para trás. Chorar por manter a cabeça aprumada para não pirar e perder o contato com o mundo real. Chorar por não desistir de tentar. Chorar pelos pais como um processo natural, não permanente. Enfrentar o mundo diante do mar na areia da praia. Aceitar o mundo como ele é e como tem que ser. O que a vida lhe causou e ela precisa aceitar para continuar vivendo. O vento no rosto e a água gelada no tornozelo. Tão simples e tão tudo o impacto e a sensação na pele. Mais revigorante e saudável do que todas as drogas que precisou tomar.

Sentada na Pedra do Arpoador, Juliana gosta de ver a ondulação estourar na ponta do rochedo. A onda se forma e segue paralela à praia com os surfistas deslizando em tábuas sobre ela. Na primeira saída que fez sozinha do apartamento para a praia, ela foi até lá de manhã. O sol estava nascendo e só tinha o povo que acorda cedo para se exercitar. Ela subiu e ficou um tempo absorvendo a emoção. Sentindo o sol queimar o rosto e o corpo. Os cabelos esvoaçando no ar como se quisessem voar. Toda ela se agradecendo pela resiliência. Por ter enfrentado os medos patológicos.

Por ter aguentado tudo. Ter confiado nas pessoas. Ter seguido as instruções. Ouvido os especialistas. Os médicos que cuidam da momentânea falta de juízo das pessoas. "Vai passar, Juliana. Você só precisa confiar em si mesma. A gente está do seu lado para lhe ajudar. Os seus avós amam você e vão cuidar para que nada lhe falte. Fique com a gente. Não nos perca de vista. Mantenha-se firme. Foco na vida que você tem para viver". Ela ouviu a doutora Tânia Hoffman que lhe atendia a qualquer hora do dia e da noite. Ela lhe fez entender que as perdas são apenas uma parte da vida. Pode não ser a melhor parte, mas é inevitável.

- Você vai perder e ganhar ao longo do caminho. Assim é a vida. Nada vai mudar essa realidade.

- Então não vale a pena viver. Sofrimento em cima de sofrimento.

- Vale muito a pena. A vida não é só perda e sofrimento. Os momentos felizes não contam? É preciso se permitir. Há tanta beleza no mundo. Basta se adaptar à vida onde você é a única dona e fazê-la com que seja a melhor possível. Sem ansiedade, sem pressa, sem medo. Controlando-a aos poucos. Um dia de cada vez. Um passo por dia. Dois no segundo. Evoluindo à medida que você exerce o domínio sobre a sua mente e o seu corpo. É você, Juliana, no comando. Não as vozes na sua mente e a fraqueza no seu corpo.

- É tão difícil, doutora Tânia...

- Por isso usamos a medicação. Para equilibrar a química e ajudar você a reagir. Mas nenhum remédio é mais eficaz do que a sua força de vontade. Do que o seu cérebro. Da sua força de vontade em lutar e vencer. Há um mundo lá fora esperando você. Encare-o. Aceite a realidade como ela é. Cada perda é um amadurecimento. É a etapa que superamos para nos tornar mais fortes. Quando não se tem solução para algo como a morte, não brigue com o fato. Alinhe-se a ele. Entenda-o. Viva a dor intensa e saia dela. Pense no quanto os que se foram sofrem por vê-la sofrer por eles. O lado espiritual deles precisa se desapegar para evoluir. Os que estão aqui; os seus avós e a sua tia Helena torcem por você. Eles farão qualquer coisa para lhe ajudar. A morte é um fim na terra, não no universo cósmico.

Vago na lua deserta

Juliana relembra o passado sem medo. Revive-o para sentir o que passou e absorvê-lo sem querer revivê-lo. Enfrenta-o. Controla o pensamento. A ansiedade. Vai e volta sentindo o que lhe acontece sem perder o eixo do equilíbrio mental. Ela está forte agora. Sente-se bem. É um progresso contínuo. A Pedra do Arpoador é o lugar onde ela se refugiou ao sair do apartamento. Do alto ela vê a muralha de prédios e as avenidas Delfim Moreira e Vieira Souto se encontrando no meio do caminho. Ela mora na divisa dos bairros. Num apartamento *massa*. Todo envidraçado para o Atlântico. O mar é a primeira coisa que vê quando acorda e a última quando dorme. Todos os dias ele, o seu amigo mar, continua incansável na sina de vazar e encher, de ficar calmo e violento. Tão longe, tão perto. Ao alcance da vista na janela. Basta descer seis andares e atravessar uma avenida para sentir a areia massagear os pés.

Sentada na pedra, perdida em pensamentos, olhando para o mar e de costas para avenida ela percebe alguém a olhando. Há outras pessoas por ali. Grupos esperando o pôr-do-sol famoso por detrás do infinito. Não tem medo de nada, mas há um homem jovem e bonito fitando-a. Ele tem uma máquina fotográfica nas mãos.

- *Hi, sorry. I don't want scare you. So, can i take a picture of you? Oh, well, do you speak english?*

- *Yes i talk very well.*

- *Oh very good.* Eu falo português errado, mas prefiro falar para treinar.

- Por mim tanto faz. Eu domino o inglês, *but if you want to learn portuguese, it's better to speak it.*

- *Oh yeah. You're right. So... I...* Eu quero tirar uma foto sua. Se você *permite.* Com o mar como tela de fundo.

- Por mim tudo bem. Aqui é um ambiente público. Todo mundo faz foto aqui, menos eu.

Juliana dá uma risada e se posiciona para o estranho. Ela fica a favor do vento para que os cabelos longos esvoacem e deixem livre o seu rosto anguloso.

- Está bom assim?

- *Perfect. You're so very beautiful.* Uma mulher carioca linda. O meu nome é Rodolfo e o seu?

- Juliana. Eu não sou carioca. Sou pernambucana.

- *What?* Da região norte? *Really? Oh my god. I very curious to travel there.* Eu vou em sua terra, Pernambuco; *coming soon.* Todos *falar* que é *very very beautiful place.*

- Sim, é lindo demais lá. Você vai amar as praias de água quente.

Juliana está com um baseado apagado na mão. Ela pergunta se ele fuma canábis.

- Oh *yes, of course. No problem smoking here?*

- Não. *Eu não posso causar mal nenhum a não ser a mim mesma*, ela responde com ironia citando a frase da música de Lobão e Cazuza, os seus vizinhos de bairro.

Juliana acende o baseado, fuma um pouco e passa para ele que fuma e agradece a gentileza.

- É a primeira vez que fumo canábis no Brasil. Que bom. Obrigado.

O homem se chama Rodolfo. É um homem magro, bonito e de traços finos. O nariz é afilado como um objeto fálico. Isso a faz sentir um leve tremor entre as pernas. A boca é pequena e os lábios estreitos. Tem o olhar profundo de quem estuda o interlocutor. Ele tem um charme natural que Juliana não consegue captar de onde vem. Está bronzeado, quase avermelhado, como ficam os estrangeiros ao se deparar com o sol carioca. Os cabelos são aloirados e compridos. Os olhos pretos como o dela. O corpo é magro, seco e atlético. Definido. É um pouco mais alto que ela. Ele mostra a foto dela na máquina digital.

- *Are you professional photografer?*

- *Yes...* sim. *I'm*. Eu sou. *I'm work to a germany magazine*

- Você é alemão?

- *No, no, no.* Sou filho de pai italiano com mãe brasileira. Nasci e fui criado na Itália até os dez anos. Depois nos mudamos para a Alemanha. *It's the first time* que estou *a fazer um job in Brazil*. Eu vinha com os meus pais quando era criança. Visitar a família da minha mãe em Santa Catarina. A última vez eu devia ter catorze anos. Sempre ficávamos no sul. Frio como Alemanha. Na juventude deixei de vir. Preferi explorar outros lugares. Trabalhava já como fotógrafo para outra revista com jornalismo e publicidade, depois fiz cursos de fotografia no cinema. Estou com vinte e oito anos agora. Desde cedo estou na fotografia. Nunca parei. Agora trabalho na maior revista do segmento editorial de viagens de aventura em lugares inóspitos ou pouco conhecidos.

- Eu vou fazer vinte e cinco no fim do ano. Sou de Recife. Moro aqui desde os dezesseis. Nunca trabalhei, mas fiz faculdade de Administração e um MBA. Voltei há pouco de um estágio de três meses na Califórnia.

- *Very good.* É bom poder estudar muito. Nem todos podem. Você mora aqui perto?

Juliana aponta o dedo na direção dos prédios do Leblon, podendo ser qualquer um deles.

- É um bom lugar para morar.

- Sim, é o metro mais caro do Brasil. De frente às duas praias mais badaladas do Rio de Janeiro e os dois bairros mais charmoso do mundo.

- Eu estou num hotel entre Ipanema e Arpoador. O Sofitel Rio de Janeiro.

Sim. Claro que ela conhece. A fachada do hotel está bem ali na cara deles.

- Então somos vizinhos.

- Mais ou menos. Eu vim passar seis meses no Brasil para fazer reportagens de lugares espetaculares no Brasil onde há preservação ambiental. Cheguei há dois dias. Que sorte conhecer você.

- É o destino. Eu venho sempre aqui fumar um baseado. Volto chapada, caminhando pela praia. Nunca conheci ninguém. Nunca tirei uma foto aqui. Nem minha, nem do famoso pôr-do-sol por detrás das montanhas.

Ela dá uma risada do quanto isso é irrelevante para ela ao mesmo tempo tão idolatrado. Ela assiste aquele pôr-do-sol há dez anos da janela do apartamento onde mora com os avós. É quase um ritual sair do quarto no horário para vê-lo. É resquício do tempo em que o assistia como terapia. Hoje é por prazer.

- Juliana, a sua foto ficou ótima. Espero poder lhe dar em papel, não lhe enviar digital por e-mail. Se for possível claro. Se pudermos nos ver outra vez aqui no bairro.

Ela balança a cabeça sem responder de fato. Deixa no ar a dúvida de outro encontro. Ele tampouco insiste. Apenas pega a máquina e tira uma outra foto dela. Dessa vez bem de perto, só do rosto. Pegando cada detalhe dos traços perfeitos sob a luz difusa do sol suspenso no outro lado da baía. A lente capta os olhos pretos, profundos e tristes como a noite sem lua. A boca de lábios carnudos e sensuais. O nariz afilado e perfeito como esculpido por um artista refinado.

- Essa foto vai me valer um prêmio numa revista de moda. É uma obra de arte.

- Só se for pelo fotógrafo que é bom.

- Se eu ganhar mais um sorriso vai ter valido a pena.

Ela sorriu. Deixou-se levar pela conversa e pelo estranho que surgiu no improvável lugar onde ela se esconde do mundo. Ficaram lá até escurecer. Ao se darem conta não havia pôr-do-sol. Nem surfistas, nem pessoas à volta. Na avenida os carros circulavam com os faróis ligados.

- O melhor lugar do mundo é aqui e agora, ele disse.

- Isso é música de Gilberto Gil.

- Não consegui ser original, mas é a uma grande verdade. Eu estava ouvindo essa música hoje no *i-pod*. Tenho ouvido muita música brasileira. Adoro João Gilberto. Ele mora por aqui, não é?

- Ali. Juliana responde, apontando para o Leblon, - mas não adianta. Você nunca vai vê-lo.

Ela ri pensando em quantas vezes passou pela frente do flat na rua General Urquiza esperando a sorte de vê-lo. Ia implorar para tocar nele. Fazer uma foto. Ouvir a voz dele só para ela. Mas o destino ainda não lhe deu essa graça. Ela continua tentando. Rodolfo ri da história.

- Acho que faria o mesmo se morasse aqui, ele comenta, sabendo da fama do recluso cantor.

Juliana diz:

- Está tudo muito legal, mesmo. Como na canção de Gil. Aqui e agora é o melhor lugar do mundo.

Ela o olha bem dentro dos olhos. É o sinal verde para o ataque. Ele reluta. Não quer espantá-la, mas se aproxima devagar. Põe a mão por detrás da nuca. Alisa os cabelos rebelados ao vento. Ela esfrega a face nas mãos dele. Ela sente a aspereza da mão roçar a pele fina do seu rosto. A sensação é agradável. A mão segue rumo à nuca. A eletricidade lhe arrepia o corpo. Os pelos se eriçam. Ela geme um pouco. Ele a busca devagar e a beija na boca. Eles se beijam sobre a Pedra do Arpoador com as ondas quebrando sobre a rochas. Do décimo terceiro andar de um flat-apartamento no Leblon, eles ouvem a voz de João Gilberto ecoar sobre o mundo.

"Dia de luz, festa do sol e o barquinho a deslizar no macio azul do mar; tudo é verão e o amor se faz no barquinho pelo mar que desliza sem parar; sem intenção, nossa canção vai saindo desse mar; volta do mar, desmaia o sol e o barquinho a deslizar e a vontade de cantar... coração deslizando na canção ... tudo isso é paz, tudo isso traz... o barquinho vai, à tardinha cai".

Amor

Rodolfo nasceu no norte da Itália, na cidade de Torino. Filho de pai italiano e mãe brasileira, ele mora na Alemanha. Atua como fotógrafo e produtor executivo de uma revista sobre ecologia, biodiversidade e sustentabilidade patrocinada por um grupo industrial de energia renovável. Chegou há dois dias e vai ficar seis meses produzindo reportagens pelo Brasil. Nesse período vai registrar lugares poucos explorados pelo turismo e com potencial para projetos de energias renováveis e socioambientais. Está hospedado no Sofitel Rio de Janeiro Ipanema. Será sua base no país. Passa vinte dias nos lugares e retorna por dez dias ao Rio.

Juliana é a primeira pessoa que ele conhece na cidade. Nesses dois dias, ele passeou por toda a orla. Foi ao Forte de Copacabana. Caminhou os oito quilômetros do pontal do Leblon à praia do Leme. Tomou chopp olhando as mulheres. Impressionou-se com a beleza da carioca. "É muito mais do que dizem". Procurou não se movimentar muito para observar o lugar como nativo. Não é simples. Ele tenta agir como morador do bairro, mas a pronuncia e a cara de gringo não permitem. Tentar escapar das armadilhas de ser turista numa cidade turística. As ofertas de passeios a lugares badalados não o interessam. Procura opções alternativas aos pontos turísticos.

Naquela tarde algo o impulsionou a vagar na lua deserta das Pedras do Arpoador, após ouvir no rádio a canção bossa-nova na voz de Cazuza. Primeiro achou que era uma música antiga dos anos mil novecentos e sessenta, depois soube que era de um jovem cantor do Leblon falecido há quatro anos. Como sempre faz levou a máquina fotográfica. Foi quando viu Juliana sentada; sozinha, olhando o horizonte. A observou de longe, atraído pela beleza e pelo jeito espontâneo de ela estar ali. Era a melhor imagem que tinha do Rio. O coração disparou. Ficou no impasse de só observar sem interferir ou se atrever à abordagem.

Nesses dois dias ele viu mulheres lindíssimas naquele trecho entre Leblon e Leme. Mulheres mais bonitas do que na Europa e em outros lugares do mundo onde esteve. Mas aquela garota de cabelos compridos voando livres sobre os ombros o impressionou. Ele se aproximou com cuidado para não assustar. Ao se virar para ele, ela o encantou no olhar. A voz e o jeito de ela responder. Foi como uma flecha direto no coração, igual ao desenho animado. De imediato soube que se apaixonara, sem supor os caminhos dessa paixão. Não poderia saber do quanto aquela mulher sentada na pedra mudaria sua vida.

Antes de se despedirem, Rodolfo a convidou para sair. "Pode ser qualquer coisa, qualquer lugar. Jantar, beber. Uma água-de-coco. Não importa. Para vê-la de novo e conversar". Ele está curioso e impressionado. "Preciso conhecê-la melhor. Preciso te entender mais". Juliana diz que esta noite não pode, mas que na noite seguinte irá ao Teatro do Leblon com um casal de amigos. Depois eles vão a uma festa de aniversário badalada com bastante gente numa mansão na Gávea. Ele pode acompanhá-los. Rodolfo aceita na hora. Ela lhe dá o número do celular. É sexta-feira. Rodolfo viaja na segunda-feira para uma reportagem no Pantanal, no estado de Mato Grosso. Ficará ausente por quinze dias.

Juliana gostou de Rodolfo. Não sabe explicar, mas confia nele. É raro acontecer. O achou atraente, sincero, tranquilo e charmoso. O trabalho dele é interessante. Tem histórias para contar. Mas quer ter certeza sobre quem ele é. No dia seguinte, ele ligou. Ela havia saído e deixado o celular em casa. Ao chegar, ouviu o recado com o número do apartamento no hotel. Ela ligou na recepção e procurou informações sobre Rodolfo que coincidiram com o que ele disse. "É o fotógrafo da *National Geographic* e do *Discovery Channel*". Eles conversaram sobre os detalhes do encontro à noite. Combinaram que Juliana o pegaria no hotel com os amigos dela. Rodolfo disse que gostaria de comprar os ingressos da peça. Ela recusou. Ele insistiu. Argumentou que seria indelicadeza se não o fizesse. Ela e os amigos estão sendo gentis em levá-lo a uma programação na cidade. O mínimo que pode oferecer em troca é comprar as entradas de todos. Ela cedeu. Eles se despediram com um "até à noite".

Encontro

Juliana vai acompanhada de um casal amigo. Paulo foi seu colega de sala no curso de Administração. Carol é vizinha de Juliana no edifício Rosalina Brand. Paulo conheceu Carol por intermédio de Juliana. Eles são parceiros ocasionais e é comum saírem juntos. Às oito horas da noite Paulo passou para buscá-las. A peça começa às dez. Juliana está deslumbrante num vestido preto. Curto e colado, a roupa lhe marca o corpo perfeito com a pele das costas e dos ombros à mostra. O bronzeado realça o cabelo negro solto. Nos lábios, o batom rubro deixa provocativa a boca carnuda. O vestido mostra as coxas de pele lisa e bem cuidada.

- Nossa. Caprichou, Ju? Provoca Paulo.

- Eu sou assim, amigo. Nunca percebeu?

Ele debocha.

- Sei Juliana. Você está é mal-intencionada.

- Isso eu estou sempre. Sou uma vadia. *Bitch.*

- O cara deu sorte, hein? Carol entra na brincadeira.

Eles se divertem, enquanto seguem para o flat. Paulo deixou o carro estacionado na vaga de Juliana e eles seguem no Land Rover Defender 90. Ela pediu para ele dirigi-lo. Ele aceitou empolgado. Como amigo de confiança, ela o permite dirigir o lendário carro inglês. Ela quer ir no banco de trás com Rodolfo. Quando o carro para na porta do hotel em Ipanema, Rodolfo a espera no hall. Ele vai até onde o carro está e é apresentado a Carol e Paulo. Ao entrar no banco de detrás, ele a beija suave na boca e elogia sua beleza. Ela agradece. Rodolfo a presenteia com a foto no Arpoador. "Imprimi no apartamento. Espero que goste".

Ela se encanta. É uma foto em preto e branco, tamanho vinte por vinte e cinco centímetros, em papel fosco com barras laterais brancas. A foto capta a beleza de Juliana em sua melhor natureza. A imagem focada no rosto com os traços da pele jovem e lisa alinhadas à leveza do olhar fixo na câmera. Um olhar hipnótico. Os cabelos levemente esvoaçados emolduram o rosto fino. Na imagem desfocada do entorno é possível ver a Pedra do Arpoador com uma onda quebrando na ponta e a espuma espalhada sobre as rochas.

- Como soube que eu gostaria mais da foto em preto e branco do que a colorida?

- Eu captei a sua alma. A sua luz interior. Não poderia ser uma foto comum.

Ela o beija na boca. Dessa vez um beijo longo. Carol e Paulo se olham e fazem cara de "uau". Os olhos pretos fixos na câmera escondem mais do que dizem. Dizem tudo sem dizer nada. A boca entreaberta com um branco de dentes e a expressão calma como se a modelo fosse acostumada a fotos.

- Você é fotogênica.

- Sim, sou. A minha família... os meus pais diziam isso.

- Mas você nunca pensou em ser modelo profissional?

Ela riu.

- Nunca corri esse risco. Nem gosto de ser fotografada. Nem de tirar também. Nunca me interessei. Gosto de ver com os olhos e guardar na memória.

- Entendo demais você. Por melhor que sejam as minhas fotos, tenho a certeza de que elas nunca alcançam a intensidade do que eu vejo com os olhos. Eu me esforço para resgatar este olhar.

- Pelo visto tem tido êxito.

- Sim. É a minha profissão. Paga as contas e me leva a lugares interessantes.

Rodolfo achou Juliana especial quando a viu no Arpoador. Ao revê-la, soube que era maior do que uma paixão efêmera. Ele não teve dúvidas de que seria uma mulher importante em sua vida. Pensou na sorte que teve em conhecê-la e no destino tê-lo empurrado para o lugar certo.

- Obrigado mesmo pela foto. Vou emoldurar e botar no meu quarto. Você acredita que eu não tenho uma foto ali? A gente mora aqui e fica com vergonha de fazer fotos nos lugares turísticos.

Eles assistiram a uma peça com Débora Bloch e Luís Fernando Guimarães, no Teatro do Leblon, rua Conde de Bernadotte. Depois foram ao Sushi Leblon pela rua Dias Ferreira. Logo chegaram ao restaurante. A noite seguiu agradável. Paulo e Carol gostaram de Rodolfo. Ela também não se decepcionou. Ele é simpático, bem-humorado e educado. Ao longo da noite, Juliana o observa em cada detalhe e gesto. Rodolfo veste roupa de grife italiana com simplicidade. Zero de ostentação. No restaurante ele bebeu saquê e água com gás. Ela tomou cerveja e saquê. Do Sushi foram para o bairro da Gávea pela avenida Visconde de Albuquerque.

Eles chegam às duas horas da manhã na festa na casa de amigos da faculdade. A mansão com quadra de tênis e piscina num condomínio horizontal próximo ao Jóquei Clube está animada. Eles encontram vários conhecidos da Gávea e de Lagoa de Freitas. Juliana apresenta Rodolfo para algumas pessoas e ele se mostra à vontade. Conversa com a naturalidade de quem viaja bastante; mesmo arrastando o português e tropeçando nas palavras, ele se esforça para falar a língua local. Está acostumado a lidar com gente de diferentes culturas. Eles bebem, dançam e conversam. Na trilha sonora, o pop rock brasileiro que toca nas rádios e na televisão: Legião, Kid Abelha, Marina, Paralamas, Capital, IRA!, Lulu Santos, Titãs, Gang 90, Lobão, Ultraje, Blitz, Ritchie.

Juliana sente-se bem por estar acompanhada de Rodolfo. Ela está sem namorado fixo há quatro meses. Namorou um carinha por cinco meses, mas o dispensou. Rodolfo a admira e espera com tranquilidade o momento do sexo. Sem atropelar etapas. Juliana sabe que vai dar para ele. Não vai ser hoje, mas ela quer transar em breve. Há cariocas lindas na festa. Nenhuma o atrai como Juliana. Passam das quatro horas da madrugada quando Juliana e Rodolfo saem do salão de danças. Eles se sentam na beira da piscina iluminada, concorrida e festiva. Há gente dançando e bebendo ao redor. Eles encontram um almofadão confortável no *lounge*. Juliana exibe um sorriso juvenil. Espontâneo e sincero. Está feliz pela sensação de estar com alguém que lhe faz bem. Lembra-se de um livro de cabeceira, da época em que precisou de frases de autoajuda:

A vida é uma passagem rápida. Tudo o que você tem a fazer é viver o melhor de cada momento dessa passagem.

Rodolfo passa a mão nos cabelos dela e a olha nos olhos. Ela morde os lábios de baixo e o encara. Ela está com vontade de transar, mas não quer fazê-lo essa noite. Não por recatos católicos. Porque é tarde e ela está cansada. Prefere dormir com vontade hoje e amanhã soltar tudo. Ela sente algo diferente. Não reconhece o sentimento. Só que é bom senti-lo. Rodolfo acaricia o pescoço. Aproxima os lábios do rosto. Procura aos poucos a boca. Beijam-se. Um beijo calmo e profundo.

- Você é a pessoa mais importante para mim nesse momento. Desde ontem quando a conheci, não parei de pensar em você um segundo. Que sorte estarmos na mesma hora no mesmo lugar. Achei que fosse um sonho. Ao voltar para o hotel, abri uma cerveja e fui para a varanda ficar sozinho na sexta-feira carioca, olhando o mar de Ipanema. Pensando na mulher que conheci poucas horas atrás. Era a minha segunda noite na cidade e eu havia conhecido a pessoa mais importante da minha vida. Quase não dormi. Viajei que tinha conhecido uma sereia. Mitológica. Sentada nas pedras. A sereia me atraiu com seu encanto. Com seus olhos de musa e os cabelos esvoaçantes. A sereia voltou para o mar e eu nunca mais a veria. Iria descobrir que sonhei e passaria a vida tentando encontrá-la sem que alguém acreditasse na minha história. Mas eu tinha a foto. Então você é real. Peguei a máquina e montei a impressora de fotos que estava guardada. Pretendia usá-la só após voltar do Pantanal. Tinham três fotos suas. Imprimi esta que lhe dei. É a minha preferida com você olhando para dentro da lente. Fiz uma para você e outra para mim que está na cabeceira da cama. Consegui enfim dormir. Vê-la hoje foi ter a certeza do que sinto. Você é especial Juliana. Eu não a quero perder de vista. Não quero perder você. Estou muito interessado em você. Espero que possamos ir além de uma relação fugaz. Algo que não se acabe quando eu for embora.

Ela ouviu tudo com um sentimento de impotência. Ela não desacreditava de nenhuma palavra, porque havia sinceridade na voz. Ela respondeu que também queria. Ela absorveu o sentimento entre eles. Seu corpo tremia de desejo. Um desejo sexual além do corporal. A mente o queria. O coração o implorava. Ela percebeu que poderia sofrer por ele. Ela soube naquele momento que Rodolfo a faria conhecer o amor. O tal sentimento que todos falam, mas que ela ainda não foi apresentada.

- Foi um encontro único mesmo. Engraçado você falar na sorte de nos encontrarmos naquele lugar, naquela hora. Eu acredito em destino e sorte. Nada é por acaso, Rodolfo. O universo conspira se você está em harmonia com o que o rodeia. Eu vou sempre ali. Desde a adolescência. Nunca me aconteceu algo especial. Sento-me. Fumo um baseado. Viajo na paisagem. Vejo o movimento e o pôr-do-sol. Vou sozinha ou com amigos. Às vezes troco algumas frases com alguém. Mas é só. Depois volto para casa. Incrível por você estar lá ontem e nos conhecermos. É raro eu falar com estranho sem que seja apresentado por alguém. Mas você me passou confiança imediata.

- Nesses dois dias que estou no Rio é a primeira vez que vou lá, Juliana. Fiz a caminhada do Leme ao Pontal do Leblon pela manhã. Esta *soul music* toca em todo lugar. Estou descobrindo a orla famosa da cidade. À tarde eu estava no hotel e resolvi tentar uma foto diferente de cima da Pedra. Há muitas imagens iguais dali pegando o pôr-do-sol. É tão óbvio e perto do flat que protelei em ir. Há lugares menos turísticos para desbravar...

- Vou lhe mostrar todos.

Ele riu. E a beijou.

- ... foi quando a vi. Sentada. Sozinha. Foi uma revelação. A sorte de no meio de tanta gente encontrar você.

- Destino. Era para a gente se conhecer por algum motivo que ainda não sabemos.

- Vamos descobrir juntos o que o destino reserva para o futuro.

- Vamos sim. Também quero ficar com você. De verdade.

Primeira vez

Amanhecia quando Paulo e Carol reapareceram na festa. Várias pessoas se jogavam na piscina. Algumas de roupas, outras seminuas. Surgiam os primeiros raios de sol de um domingo carioca. Um dia especial para Juliana e Rodolfo. Os primeiros acontecimentos de um encontro. Não é possível prever o futuro. Nem se a vida em comum será de paz ou guerra. Tranquila ou atrapalhada. Afinidades contam mais do que diferenças. Duas pessoas para conviver no amor precisam de compatibilidades além da química corporal. Eles saíram da festa e voltaram pela mesma avenida Visconde de Albuquerque caindo direto na Delfim Moreira, na altura do Posto 12. Ao ser deixado no hotel, Rodolfo se despede de Juliana com um beijo. Eles vão se falar à tarde para marcar algo para a noite.

- E aí Ju? O cara é show.

- Não é, Paulinho?

- Também adorei, diz Carol. Elegante, discreto, simpático, inteligente, viajado...

- ... ele já foi em vários lugares fora do circuito turístico. Adorei conversar com ele, complementa Paulo.

- Tomara que tudo flua legal para vocês, Carol falou para a amiga.

Juliana ouviu sonolenta os elogios. Deitou a cabeça no encosto do carro e viu o mar pela janela. As pessoas caminhando na orla. Atravessando para descer à praia. Os surfistas espalhados de uma ponta à outra da baía. Aquele é o mundo dela que ganhou um novo personagem. Mais tarde vai saber melhor sobre ele. Quer entendê-lo além dos elogios. Quer conhecê-lo por dentro. No íntimo. Fazer sexo hoje. Está louca por isso. Paulo a deixa no condomínio, pega o carro no estacionamento e se despede das duas mulheres. Juliana e Carol sobem juntas no elevador.

- E aí como foi com Paulo? Juliana pergunta à amiga.

- Nossa, uma delícia. Rolou gostoso dentro do seu carro. Desculpe, Ju, mas ali na festa o lugar mais seguro era o Land Rover no estacionamento da mansão.

Juliana riu da travessura dos amigos.

- Garanto que não é a primeira vez que o Defender chacoalha com sexo.

Riram juntas. Abraçaram-se e se despediram. Quando Juliana chegou os avós tinham descido para caminhar e tomar água de coco na orla. Aos quase setenta anos, ambos são ativos e saudáveis. Vivem a praia do Rio como cariocas legítimos do bairro por toda uma vida. Ali se conheceram, casaram, tiveram filhos. Eles vão ficar até o fim no mesmo prédio. Adoram a vida no Leblon.

O avô Eulálio é industrial aposentado do ramo petrolífero. Participa uma vez por mês do conselho administrativo da empresa em que é acionista. A avó Amanda é arquiteta. Ela projetou condomínios verticais na Barra. Eles vivenciaram a bossa nova surgir em Copacabana. Assistiram Vinícius de Moraes e o jovem João Gilberto cantar em bares e casas de shows. Vivenciaram Tom Jobim circular como gente comum em Ipanema. Acompanhavam em 'O Globo' as crônicas do pernambucano Antônio Maria na coluna Mesa de pista e o viam com frequência na noite de Copacabana.

O casamento deles foi notícia na coluna de Ibrahim Sued que esteve no evento. Como todos que vivenciaram a orla da zona sul desde os anos mil novecentos e trinta, eles são testemunhas oculares da boêmia inocente do bairro, dos modismos e da história do Brasil registrada em livros e no cinema. Os avós viveram o Rio de Janeiro cantado no bolero, no samba e na bossa nova; nas crônicas de Nelson Rodrigues e Antonio Maria. Como burgueses abastados tiveram Cadillac e AeroWillys; Opala, Karmann ghia e Alfa-Romeu. Agora usam um Volvo importado, modelo 760.

Mesmo que o Rio de Janeiro dos anos mil novecentos e noventa pareça distante do vivido pelos avós; para Juliana, o Rio continua sendo o melhor lugar do mundo. "Mudam os personagens, mantêm-se a magia", ela comenta com os avós nas conversas sobre a cidade luz. Ela adora ouvir as histórias deles sobre esse pedaço de terra entre o Leme e o Leblon. O mundo que ela não precisou viver o passado para amar no presente. É bom saber que houve um tempo sem medo das madrugadas boemias de Copacabana, quando o violão baixinho ecoava no apartamento do edifício Champs-Elysées, em frente ao posto 4, da Avenida Atlântica. Ela prefere pensar que mesmo se a utopia do lugar imortalizado não mais existir, Copacabana sobreviveu e resiste em sua beleza única. Juliana se apega à ideia de que viver nesse trecho de oito quilômetros eternizados na canção de Tim Maia é suficiente para amá-lo. Alguém sempre cantará aquele pedaço de mundo onde nasceu a bossa nova, o samba desceu o morro e o pop rock ressuscitou. É algo que ninguém rouba do Rio de Janeiro.

Ela vai para o quarto tomar um banho quente. No quarto fecha as cortinas, liga o ar condicionado e dorme até às duas horas da tarde. Acorda faminta. Encontra os avós na sala. Amanda deitada no sofá lendo "A casa dos espíritos", da escritora chilena Isabel Allende. Eulálio ouve discos de vinil num espaço acolhedor e confortável da sala com vista para o mar. Entre eles "My kind of blues" de Sam Cooke, o cantor de soul americano dos anos cinquenta. Está tocando "Little girl blue" que Juliana ouve com Janis Joplin e se surpreendeu ao conhecer a versão original. Ela prefere com Janis e o avô com Sam. Ela os beija e os abraça. Diz que os ama. Conversa um pouco sobre a noite. Conta que tudo correu bem. O fotógrafo italiano é ótimo. Ela mostra a foto no Arpoador. Eles dizem que está linda. Ela deve emoldurá-la. Carol e Paulo gostaram de Rodolfo. Hoje ela vai sair sozinha com ele.

- Ele é da National? Pergunta Eulálio.

- Sim, vô.

- Eu tenho umas edições. Vou procurar o nome. É Rodolfo de que?

Juliana sorri.

- *I don't have ideia, grandfather*, ela diz com gracejo. Deve ser algum sobrenome gringo.

Ela pede licença para ir à cozinha. Está faminta.

Às cinco horas ela recebe a ligação dele. Pergunta se ela dormiu bem. Marcam de se encontrar em uma hora. Ela vai passar de carro no hotel. Quando Juliana chega, Rodolfo a espera na porta do hall de entrada. Eles se beijam. Ela dirige rumo à Urca. Quer mostrar um dos lugares que mais gosta no Rio. Ela vai pela avenida Portugal e estaciona o carro em frente à prainha. A paisagem bucólica do mar calmo, os barcos do Iate Clube do Rio de Janeiro, a mureta com a calçadinha e as famílias passeando formam um conjunto de imagens surpreendentes para Rodolfo.

- Esse Rio é bonito? Ela pergunta.

- É a coisa mais linda que já vi na vida. Urca?

- Sim. É aqui que o Roberto Carlos mora. É aqui que se passa a história de Dom Casmurro. Você conhece?

- Quem? O Roberto Carlos, sim. O Casmurro não. Quem é ele?

Juliana sorri.

- É o romance mais famoso de Machado de Assis. Vou lhe dar de presente quando você voltar do Pantanal.

- Obrigado. Vai ser bom para treinar o português. Tenho lido jornais e revistas. Mas ainda não comprei nenhum livro. Vou amar ganhar um seu de presente.

Ele faz algumas fotos de dentro do carro. Ela o beija e diz:

- Olha, você vai passar dez dias fora?

- Sim, depois volto, passo cinco dias e vou para outro lugar. Vai ser assim por seis meses. Dez a vinte dias fora do Rio. Depende do lugar onde vou.

- A gente vai se ver na sua volta?

Ele a olha nos olhos. Pega na mão.

- Eu estou apaixonado por você. Eu não posso calar isso dentro de mim. Eu não quero perder você. Eu tenho esse trabalho, mas onde estiver vou pensar em você.

Ela assente com a cabeça.

- Então vamos fazer uma coisa agora?

- Sim. O que você quiser.

- Vamos transar.

Ele sorri, move os ombros para cima e gesticula com as mãos surpreso.

- Mas é claro que sim. Eu só não sabia se poderia convidar você. Mas achei bom você dizer o que quer. É assim que eu gosto. É assim que tem que ser com a gente. Eu estou louco para tocar o seu corpo. Para sentir além do que pude até agora.

Ela morde o lábio inferior e liga o carro. Ele diz.

- Podemos ir para o meu hotel. Eu conversei com o gerente sobre você. Disse que tenho uma namorada que mora no bairro. Ele colocou o seu nome como a única pessoa autorizada a subir ao apartamento para visitar e dormir comigo.

- Que bom Rodolfo. Eu detesto motel. Já estava pensando como seria.

O primeiro sexo deles foi rápido. Veloz. Entraram no quarto tirando a roupa assim que a porta se fechou atrás. Ele a carregou até a cama. Deitou-a e a penetrou. Eles se contorceram. Se movimentaram um sobre o outro. Dançaram a dança do amor carnal. Suaram e gozaram juntos. Depois relaxaram se beijando para continuar outra vez. Quando enfim saciados, estavam exaustos e com fome. Pediram pizza e cerveja. Alimentados, voltaram ao sexo que não se fastia. São onze horas da noite quando Juliana deixa o hotel. Está em êxtase. Ela ainda não sabe que o destino lhe pregou uma peça. Está amarrada ao amor. A doce prisão de onde quase nunca se consegue sair, quando se quer sair.

Amores distantes

Juliana espera que ele faça de tudo para encantá-la, mas procura não pensar muito. Apesar de acreditar no sentimento, não quer criar expectativas. Cinco dias depois do encontro, ela recebeu uma carta escrita à mão. Chegou pelo serviço postal rápido do Sedex. Ele diz que basta fechar os olhos para vê-la nua em cima da cama. Que sente o perfume do corpo dela nas mãos. Que tem saudade e vai ligar assim que chegar no Rio. Uma foto do Pantanal acompanha a carta. A imagem de um pôr-do-sol avermelhado com nuvens coloridas ocupando o infinito e pássaros voando baixo em primeiro plano. Ela adorou a carta e a foto.

- Romântico. Não usou e-mail. Adorei.

Juliana,

Aqui onde estou os dias são longos. Acordo cedo para fotografar e vou dormir logo após o cair da noite ao som da natureza. São tantos sons que é difícil distinguir. O guia vai me explicando quais são as espécies. Há um biólogo no grupo. O aprendizado é constante. A luz do sol nessa parte do Brasil é inacreditável. O Pantanal é um lugar lindo e importante para este país enorme. O trabalho tem sido produtivo. As pessoas são simpáticas. A alimentação interessante com muita carne de caça. Há fazendas de jacarés e pacas. Uma fauna incrível, muito rara. Ainda não vi a onça-pintada. Talvez nem consiga, mas vamos tentar achá-la. Quero fotografá-la de algum anglo inusitado. Tudo está maravilhoso, mas nada disso tem importância ou se compara à lembrança que trago de você deitada nua na cama. O seu cheiro na minha pele e o desejo ardente que me move de voltar ao Rio para vê-la. Em tudo o que eu faço agora tem uma parte minha pensando em você. O meu motivacional é fazer o trabalho perfeito e voltar para o Rio. Você é parte de mim agora. Está em tudo o que faço. Sou grato ao destino e à sorte terem me colocado no seu caminho. É difícil me apaixonar. Mas com você aconteceu no primeiro olhar. Na primeira visão à luz da tarde. Sob o vento e sobre o mar. O som da sua voz ao me responder. O seu olhar direto na lente da máquina. O sorriso contido. As mãos segurando o cabelo. São tantas lembranças que relembro desse encontro. E quanto mais penso, mais sinto vontade de pensar. Está tudo tão perfeito agora desde que a conheci que nada pode estragar. Em breve estaremos juntos para ficarmos colados. Espero que possamos não mais nos separar.

Beijos, seu.

Rodolfo

Juliana mostrou a foto a Carol e falou sobre a carta.

- Dá para ver que é algo mais sério do que um encontro casual ou namoro passageiro, disse a amiga. - Acho que o destino vai levar vocês ao casamento.

- É cedo para falar disso, ponderou Juliana. - Além do mais, ele só estará aqui por seis meses. Depois volta para a Alemanha.

- A Europa está a um voo do Brasil, Carol respondeu. - E se ele a convidar para visitá-lo?

- Posso ir sem problemas, mas não gosto de amores distantes.

Após receber a carta, Juliana acreditou na possibilidade de haver algo maior entre eles. Não é mulher de pensar em casamento, mas gosta da ideia de encontrar o amor. Se encontrar o homem com que deseje construir uma vida em comum sob o mesmo teto, vai se jogar. Não quer ter filhos. Isso está decidido. Não tem vocação para a maternidade. Não se considera egoísta. Apenas não sente desejo de engravidar. Ela não é mulher de fazer coisas contra a vontade. Considera-se uma romântica racional. Um tipo de mulher que ama com os dois pés fincados na areia. Tem sonhos de princesa com os dois pés calçados nos sapatinhos da realidade. "Foram felizes" é o seu lema. O "para sempre" ela dispensa. "Para sempre é tempo demais".

Duas semanas após a partida, ela recebe uma ligação de Rodolfo à noite. Ele está num táxi indo para o hotel. Vai ligar do quarto. Manda um beijo. Diz que está morto de saudade e com desejo de vê-la. Juliana sente uma estranha felicidade ao ouvi-lo. As palavras carinhosas são sinceras. Não são palavras ao vento. A voz lhe traz conforto ao sabê-lo perto. Ela o quer assim. Perto. Rodolfo é diferente do que sentiu com outros homens. É a lembrança agradável. É gostoso pensar nele. Sonhar que pode ser o príncipe que contam as histórias infantis e o amor dos romances literários.

- Será que o "foram felizes para sempre" é possível? Questiona-se, rindo do próprio romantismo que nunca teve.

Pensa nisso e ri sozinha, deitada na cama lendo "Os Elogios da Madrasta", de Mário Vargas Llosa. Toda essa empolgação não é suficiente para tirar suas dúvidas de se envolver com um cara que mora fora do Brasil. Em algum momento ele volta ao país de origem. Apaixonar-se significa sofrer. É preciso ponderar, ao mesmo tempo não é possível fugir. Ela não é mais a garotinha frágil do passado, apesar de não ser a fortaleza insensível. Esse desconhecido amor machuca. Ela sabe. Apaixonou-se algumas vezes. Olhando o passado pelo retrovisor, entende que agora é diferente. Foram amores fugazes. Não o verdadeiro amor. Único. Aquele que se sente uma vez na vida. Ela aprendeu a separar o sexo da paixão. É proposital. Gosta de transar pelo desejo, sem se apegar.

Aprendeu com Luquinha e gostou de dominar a relação. Não quer sofrer desgaste emocional por quem não merece. Nem estar amarrada a homens sem valia. Não perde tempo em relações que a façam mal. Não se submete a alguém sem desejo. Já fez sofrer corações em sua curta trajetória amorosa. Olhou para a frente e seguiu adiante. É filha única. Um pouco egoísta e individualista. Mas está longe de ser uma menina má. Os homens é que parecem tolos nas vitimizações emotivas; e arrogantes nos arroubos de macheza. Este homem que conheceu é diferente. A confiança foi imediata. Ela não o teme. Isso é bom sinal ou é sinal de que está numa enrascada. Mas ela não vai fugir. Gosta do desafio. Quer sentir tudo o que possa, mesmo morrendo no final como os poetas ébrios em romances épicos. Que seja. Tem-se apenas uma vida. Se não for para ser intensa, nem vale a pena.

Rodolfo ligou do quarto do hotel. Eles marcaram de se encontrar na noite seguinte, uma sexta-feira. Rodolfo sugeriu novamente o restaurante japonês do Leblon. Ele vai contratar um serviço de aluguel de carro com motorista no hotel para ela não precisar buscá-lo. Eles podem beber e voltar para o hotel. Conversam por meia hora. Ele está exausto. Precisa dormir. Vai passar a sexta-feira trabalhando no material produzido no Pantanal para enviá-lo à revista na Europa. Estará livre para ela à noite e no fim de semana. Juliana foi dormir feliz. Masturbou-se antecipando a noite seguinte.

Na sexta-feira à noite ao chegar no condomínio da avenida Delfim Moreira, Rodolfo encontra a namorada vestida de branco. Os cabelos soltos e mais bronzeada do que na noite da festa. Nos lábios um batom de cor suave. Os olhos estão delineados por uma linha preta. Os fazem mais largos e fuzilantes. O brilho nos olhos pretos ilumina o rosto como semáforos indicando o caminho aberto para o sexo. O bronze da pele contrasta com o branco do vestido. Por baixo dele há uma minúscula calcinha branca e perfumada que Rodolfo vai retirar com a boca. Ele a recebe elogiando a beleza. Abraça-a no carro. Eles se beijam com calma. Ele a afaga no pescoço. A olha nos olhos. O motorista segue o trajeto rumo à rua Dias Ferreira.

- Senti muita saudade. Estava louco para te ver, abraçar, beijar. Te tocar. Ficar com você.

- Eu também Rodolfo. Estava louca que voltasse. Senti bastante a sua falta.

No restaurante beberam saquê e cerveja. Comeram sashimis e shitakes. Sem a precisão de dirigir, permitiram-se ficar altos. Relaxados. Felizes. Enamorados. Um homem e uma mulher apaixonados se encontrando pela terceira vez na vida. Rumo ao segundo ato sexual. Antecipando o momento sem pressa. Rodolfo mostra-se um homem especial. Simpático, elegante, viajado, bem resolvido. Tudo pontua na avaliação e mexe com os sentimentos de Juliana.

- Eu estava no lugar certo na hora certa, ela disse. Se fosse uma hora depois eu já não estaria lá. Fico pensando no que foi isso. Na sorte de encontrá-lo. Eu poderia ter ido embora e você ter chegado. Talvez nunca nos encontrássemos. Eu estou... estava num momento livre. Sem namorado. Sem sair com ninguém, porque não estava mesmo a fim. Estava dando um tempo. A fim de me apaixonar. De algo que mexesse comigo. Me fizesse perder o chão. Sentir lá dentro da alma. É tão difícil, Rodolfo, de isso acontecer. Como você conseguiu?

- Nós dois estávamos no lugar certo. O destino, a sorte e o universo conspiram a nosso favor, Juliana. Temos tudo para ficar juntos para sempre, mesmo que você não goste dessa palavra. Eu não parei de pensar em vocês esses dias. No quanto queria voltar para vê-la.

Ela tocou nos cabelos dele e o beijou.

- Não é que eu não goste, só acho o 'para sempre' perigoso. Conhece a música do Renato Russo?

- Não, não conheço. Como é?

- A música é linda. Do primeiro álbum da Legião. Vamos ouvi-lo juntos. Ele diz: "Lembra quando a gente chegou um dia acreditar. Que tudo era para sempre, sem saber que o para sempre, sempre acaba".

- Muito bonito mesmo. É rock?

- É mais do que rock. É a poesia de Renato Russo. Toca direto na rádio.

- Vou ouvir as estações cariocas. Alguma indicação?

- A Rádio Rock, na Fluminense FM 94.9. É chamada de Maldita. Lá toca todas as bandas novas que estão surgindo.

- *Cool*. Lá no quarto a gente põe para ouvir.

- No quarto? Você vai me levar para o seu quarto?

Juliana mordeu o lábio inferior e disse no ouvido dele:

- Estou louca de tesão para transar com você. Ontem depois que nos falamos, me masturbei pensando em você.

Rodolfo ficou doido. Pousou a mão na nuca e com a boca no ouvido, disse-lhe:

- Eu também fiz isso nesses quinze dias longe de você. Lembrando de nossa primeira noite.

- Vamos embora?

- Vamos.

Pediram a conta. Enquanto esperavam, ele disse:

- Vamos desconstruir a canção de Renato...Renato?

- Sim, Renato...

- ... vamos fazer com que o para sempre nunca acabe.

Saem do restaurante e vão para o estacionamento onde o motorista os espera. Rapidamente chegam pela avenida Delfim Moreira ao Hotel Sofitel Ipanema Rio de Janeiro na avenida Vieira Souto. Sobem abraçado. Beijam-se no elevador. Juliana molha o dedo na vagina úmida e o oferece para ele antecipar o sabor. No quarto se deixam levar pelo desejo encostados à parede. As mãos de Rodolfo percorrem o corpo de Juliana pelas costas. Desliza para as nádegas, apertando-as. Ela solta as alças do vestido que lhe cai aos pés. Ela fica nua em pé, encostada à parede em cima de saltos altos. Ele desce a calcinha com a boca até a coxa, levanta-se e coloca o membro no meio roçando na gruta. Ela geme como gato abandonado na chuva.

Eles vão para a cama. Ela se deita com as pernas escancaradas. Ele mergulha a boca no abismo para desfrutar do sabor antecipado no elevador. Com calma e precisão a beija onde o sol não alcança. Ela retribui e pede para ser penetrada. "Sou todinha sua". Rodolfo mergulha olhando-a nos olhos. Beijando-a. Continuam em movimento até a explosão dos corpos contorcidos. Dos sons disformes. Da rouquidão na voz. Tão veloz como o vento, amaram-se e gozaram juntos. Eles tomam um banho. Ela bota o rádio do quarto no dial da Fluminense FM e ouvem as bandas brasileiras e internacionais da cena musical dos anos mil novecentos e oitenta e do início de noventa.

- Pena que a rádio vai fechar. Sim, já anunciaram. Fecha esse ano. Ela foi pioneira em tocar o novo pop rock brasileiro dos anos oitenta. Agora é comum tocar rock brasileiro nas rádios. Mas a Fluminense foi a pioneira.

Rodolfo abre duas cervejas pequenas. Eles estão deitados, nus na cama; se olhando, tocando, sentindo e conhecendo cada parte um do outro. Desvendam o grande mistério da vida. A única coisa que realmente importa no mundo. Amar e ser amado. Eles ouvem o silêncio do mar de Ipanema quebrar as marolas na areia. A vida está começando para eles, mas Rodolfo tem uma difícil revelação a fazer. Ao voltar para Alemanha, após seis meses no Brasil, ele terá uma missão mais longa de dois anos de viagens pela Ásia. É um trabalho de alta responsabilidade que lhe custou conseguir. Vai levá-lo a outro patamar profissional na fotografia e no jornalismo de aventura. É compromisso marcado antes de conhecer Juliana.

Rodolfo deixa a vida correr e tenta acompanhá-la. É assim também com as mulheres. Ele gosta de se aventurar no estranho mundo dos sentimentos. Apaixonou-se diversas vezes. Sofreu e fez sofrer. Gosta de viver romances. Não tem medo de amar. Tampouco se apega a ponto de lhe roubar a vida prática. Ele sabe que ama Juliana e que ela é mais especial do que qualquer uma com quem se relacionou. Ele não vai perdê-la. Não deixará acontecer. Está certo do amor que sente. Fará o possível para tê-la ao lado dele.

Sexo

A noite seguiu em clima de reencontro. A saudade alimentou a veracidade das palavras e as promessas ao ouvido. No dia seguinte, eles passaram no apartamento de Juliana para buscar roupas para um fim de semana fora da cidade. Ela deixa um bilhete para os avós. Eles saíram para almoçar no Iate Clube do Rio de Janeiro na Urca. Ela sempre os avisa quando precisa se ausentar por mais de uma noite. Eles pegam o Land Rover Defender 90 e seguem para Niterói. Hospedam-se no Maasai Hotel, na beira mar de Itaúna, no município de Saquarema. De lá, Juliana ligou para tranquilizar os avós. Explica que está com Rodolfo. Passa o número do quarto e o telefone do hotel.

Ela está bem neste dia seguinte ao segundo amor. Segura e confiante. À vontade com o sentimento de amar e ser amada. A convivência é tranquila. Ele conta histórias dos lugares onde esteve, das pessoas que conheceu e das situações de perigo, estranhas e engraçadas. Da convivência com povos de outras culturas. De como absorveu culturas e hábitos diferentes sem julgar, nem interferir. Como isso influenciou a sua maneira de ser. Ele ainda não contou sobre o projeto que o espera ao voltar para a Alemanha. Assim como ela não entrou em detalhes do que houve após a morte dos pais. Disse apenas que veio para o Rio morar com os avós. Eles são a família dela do lado paterno. A tia Helena, irmão de Elisa, é a família do lado materno.

- Fora isso, sou sozinha no mundo, Juliana disse com ironia, por brincadeira.

Ele não entendeu bem se ela estava falando a sério. Achou um pouco dramático.

- É brincadeira sim, tolinho. Eu sou brasileira. A gente faz piada até da própria desgraça.

- Estou me acostumando com o humor de vocês. É tão diferente do europeu.

O fim de semana foi de praia, bebida, sexo e promessas de amor. Eles voltaram no domingo à noite. Ela o deixou no hotel e foi dormir em casa onde conversou com os avós sobre Rodolfo.

- Acho que estou beeeeem apaixonada, vó e vô.

- Traga ele aqui para a gente conhecer e ficarmos mais tranquilos, disse Amanda.

- Preocupa um pouco ele ser estrangeiro. É alemão? Perguntou Eulálio.

- Mora e trabalha em Berlim, mas nasceu em Toscana, na Itália. Pai italiano com mãe brasileira...

- Bela mistura de sangue latino e mediterrâneo.

- O importante é a sua felicidade e se ele a trata bem, insinuou Amanda.

- Sim, vó. Ele não é o gringo que vem ao Brasil atrás de mulheres rabudas.

Riram.

- Vocês sabem que eu sou cheia de restrições sobre isso, Juliana continuou. - Rodolfo é outro lance. Creiam em mim. É muito fino e educado. O pai é bem tradicional e comerciante de vinhos na Toscana. A mãe brasileira é de família conhecida em Santa Catarina. Ele é filho único e trabalha desde cedo. Nunca dependeu do dinheiro do pai nem da mãe para viver na Europa.

- Homem trabalhador é bom sinal, disse Eulálio, que começou a trabalhar com o pai e construiu fortuna por méritos próprios.

Nos meses seguintes o namoro correu fluído. Rodolfo se ausentou diversas vezes a trabalho. Ele foi ao Maranhão registrar a fauna e flora das reentrâncias e dos manguezais na costa daquele estado ao norte do país; no Delta do Parnaíba, no Piauí, depois seguiu para a ilha do Marajó, no Pará. Ele enviou fotos, cartões, e-mails. Sempre trazia presentes para Juliana e para os avós que ao conhecê-lo, o adoraram. Os presentes eram sempre artesanatos locais e peças decorativas exclusivas dos locais visitados. Rodolfo fez boa imagem com Amanda e Eulálio. Eles saíam juntos para jantares e programações familiares. Os avós o recebiam em casa, quando ele retornava das viagens. Eles deram a benção para a união deles e que a felicidade os acompanhasse na jornada ao futuro. Esse carinho familiar despertou em Rodolfo o acolhimento de um porto seguro na volta de cada aventura.

Viagem

Juliana aceitou que Rodolfo é mais do que uma paixão. É diferente de outros amores. É para ter vida em comum. Ela nem sabe definir, porque está lidando com o sentimento. As sensações. A falta. Tudo é um turbilhão mais forte. Por causa das constantes viagens sempre que tinha um intervalo entre uma viagem e outra, eles ficavam juntos no Rio. Passeavam no Land Rover pela cidade e voltavam para dormir no hotel. Os finais de semana dormiam no flat, em hotéis de praias e nas montanhas cariocas. Mas a partida dele está datada. Deixar a revista é impensável, assim como Juliana o acompanhar. Ele não tem como prolongar a estadia no Brasil.

Rodolfo terá de retornar à Alemanha. Uma importante missão fotográfica o espera. Ele vai explorar o sudeste da Ásia. Uma expedição por terra e mar para cobrir as treze mil ilhas do arquipélago da Indonésia. A viagem começa pela Índia, nas ilhas Andaman e Nicobar, no Golfo de Bengala. De lá seguirá para Banda Acer, no extremo norte de Sumatra, na Indonésia. Depois para Java até chegar em Timor Leste no extremo sul do arquipélago. Depois continua na direção leste para Bornéu, entre os oceanos Índico e Pacífico. Finalizando nas ilhas Papua-Nova Guiné e no arquipélago da Micronésia.

A missão está lançada. Vai navegar pelos oceanos Índico e Pacífico; caminhar e dormir em florestas asiáticas cheias de riscos. Não tem como evitar essa realidade. O tempo da expedição está previsto para durar dois anos. Ele já foi na região diversas vezes e não conseguiu fotografar nem metade de todas as possibilidades que as ilhas oferecem. Rodolfo trabalhou para financiar o projeto com patrocinadores e os editores da revista. Há muito dinheiro, contratos e responsabilidade profissional em jogo. Não pode desistir agora. A equipe de produção está organizando tudo na Alemanha para fechar o planejamento assim que ele voltar do Brasil. Ao retornar, Rodolfo vai partir em vinte dias para a missão.

No meio do projeto, só poderá retornar umas duas ou três vezes para a Alemanha, antes de voltar à Ásia e recomeçar de onde parou. O Brasil não vai estar na rota do *pitt stop*. É longe demais. É tempo demais perdido. Uma ampla campanha publicitária para levantar recursos está ativa na Europa, Ásia e China. Contratos para documentários, reportagens, fotos para revistas. A máquina do dinheiro da publicidade e da propaganda está engrenada. Há milhares de dólares e vários profissionais envolvidos no projeto. Quando aceitou participar e liderar a expedição, ele não imaginava encontrar a mulher que o faria repensar seu estilo de vida. Ama o trabalho de fotógrafo de aventuras, mas o abandonaria agora pela vida doméstica e o amor de Juliana.

Ele contou sobre o projeto. O que vai acontecer quando voltar para a Alemanha. Para onde está indo. Um destino do qual ele não tem como evitar. Os riscos e desafios que encontrará. Ela não sabia. Ele temia contar. Ela se chateou um pouco. Imaginou que ele estaria na Alemanha. Bastava pegar um voo e visitá-lo. Passar um tempo com ele. É acostumada a ir à Europa. Não contava que ele estaria tão distante.

- Por que não me disse antes? Assim que a gente começou a ficar juntos?

- Mudaria alguma coisa? Você deixaria de ficar comigo por causa disso?

- Não, mas eu saberia a verdade desde o início.

- Não menti. Omiti, esperando o momento certo de lhe contar. Não queria falar de algo que me perturba desde o início. Esperava o momento certo de contar e conversar. Estamos organizando o projeto há um ano. Não podia imaginar que conheceria a mulher que mudaria minha vida.

Eles conversaram sobre a partida diversas vezes. Dois anos é muito tempo. Ele concordou. Pediu para ela esperar. Disse que voltaria para ela. Fez promessas.

- Sei que é difícil, mas não tenho como voltar atrás. Acredite. Se pudesse eu faria. Se não envolvesse tanta gente. Tantos profissionais que dependem de mim. Há pais e mães de família trabalhando no projeto. Não há outro que possa fazer isso.

Eles decidiram se encontrar ao fim da missão. Para se olharem e decidirem o futuro. Ela não promete nada. Não promete esperá-lo. Aceita encontrá-lo, se ele a procurar para conversarem. Para ver se o sentimento é o mesmo. Se ainda é isso que ambos querem.

- Dois anos é muito tempo. Tudo pode acontecer. Inclusive nada, ela disse. - Não posso lhe prometer que estarei disposta a voltar para você. Estou sendo sincera.

- Eu sei. É melhor que seja. Só peço que a gente se encontre quando eu voltar no Rio; me encontre para decidirmos juntos. Eu sei de mim. Sei que voltarei para vê-la. Voltarei para este mesmo hotel. Para esta cidade. Nessa mesma Ipanema de sol e mar. Disposto a pedi-la em casamento. Não quero nada menos que isso.

- Vamos com calma. Talvez nem eu esteja mais aqui. Preciso ir ao Recife... em algum momento...

Juliana se cala. Não sabe se quer falar sobre o passado dela no instante em que ele conta do futuro dele.

- Agora já sei que não é um namoro de seis meses. É uma ausência de dois anos. Aonde fui me meter, Rodolfo?

- Desculpe. Não tenho como consertar isso.

Ela muda de ideia. Melhor que tudo seja dito agora entre eles.

- Já que hoje o dia é das confissões... ela ri com a sarcasmo. - Eu também tenho meu segredo.

Juliana lhe conta sobre o período na adolescência em que teve síndrome de pânico e depressão causada pela morte dos pais.

- Não gosto de falar sobre isso. Está superado. Eu ia lhe contar em algum momento. Acho que esse momento chegou. Há oito anos não volto na cidade onde nasci. Fui apenas uma vez assinar uns papéis. Em algum momento preciso voltar para enfrentar os meus medos e curar as feridas. É a etapa final do tratamento. Já tinha planejado fazer isso quando você voltasse para Alemanha. Imaginei passar um ou dois meses e de lá viajar para a Europa. Eu amo aquele continente. Conheço vários países. Fui com os meus pais, os meus avós e sozinha. Imaginei que visitá-lo seria um ótimo motivo para voltar. Agora que sei que você vai estar na *Ilha de Lost*, vou ficar mais tempo no Recife. Voltar às minhas origens. Sair um pouco do Rio.

Juliana contou que precisa organizar os bens deixados pelos pais. Terrenos e imóveis na capital e em praias pernambucanas. Ela ama o Rio de Janeiro, mas quer passar um tempo fora da cidade. Recife é o lugar certo. Nordeste do Brasil. Praias de águas mornas. Sol e calor. Suor. Corpo sempre quente. Metabolismo alto. Ela pode alugar um flat espaçoso e confortável na avenida Boa Viagem. Viver entre as duas cidades. Visitar os avós uma vez por mês. Curtir o clima tropical do Nordeste. Eles combinam de se encontrar quando Rodolfo voltar da Ásia e estiver na Europa. Ela pega um voo e vai encontrá-lo. É a melhor possibilidade de se verem novamente. Juliana pode ir na Alemanha, onde Rodolfo possui uma casa em Hamburgo. O imóvel é amplo com dois pavimentos, lareira e um acolhedor jardim ao ar livre com plantas no verão e neve no inverno. Além de um *loft* em Berlim, cidade onde fica o escritório da editora e a produtora da qual ele é sócio.

Juliana sabe que todos os planos podem nunca vingar, mas ela quer se separar sonhando. Preservando o romantismo do reencontro. Quer uma separação sem trauma com a inevitável tristeza e sem dramalhão de bolero. Se o destino e a sorte os quiser unidos, o universo atuará para que se realize. Se ficar juntos não for o destino reservado, que se cumpra. Ela vai se cuidar para ficar bem. Aprendeu a ser independente do outro para tocar a vida e ser feliz. Foi o duro aprendizado dos anos de terapia, após a morte dos pais. Passar por aquilo na adolescência a fez amadurecer mais cedo. Ela entende os processos da perda e que o bem-estar independe do outro para a autoestima. Aprender a superar as perdas é um ato de amor a si, de respeito às demais pessoas em volta e de sobrevivência. Não se luta contra o irremediável. O que não tem solução, solucionado está. Juliana olha para a frente, sem olhar para trás. Porque a vida é mais do que um homem. Por mais importante que seja este homem, ela está no comando de sobreviver a ele.

Saudade

Rodolfo partiu numa madrugada de domingo para a segunda-feira. Juliana não o acompanhou ao Aeroporto Internacional Tom Jobim. Ele pediu para que ela não fosse. Seria mais fácil partir sem a despedida no embarque. Eles passaram o final de semana juntos. Juliana se entregou como se nunca mais fosse vê-lo. Para deixar marcas na alma. Marcas de um amor que está no coração e na mente de Rodolfo. Ele partiu dividido entre a emoção e o racional. "Partir para viver ou ficar nos teus braços e morrer". Ele tem dúvida se o tempo e a distância amenizariam a dor e a saudade ou se aumentará ao ponto de não as suportar.

Viajou com a foto dela na Pedra do Arpoador. A foto que marca o primeiro encontro. O primeiro olhar. Rodolfo mergulhou fundo na dor. No aeroporto derramou lágrimas sob os óculos escuros, enquanto caminhava pelo *finger* em direção à porta do avião. As primeiras luzes do amanhecer surgem quando o avião manobra na pista. Rodolfo olha o Rio de Janeiro se afastar até sumir pela janela do avião. Como se a realidade da distância caísse como uma bigorna sobre a cabeça. "Ela agora está deitada sozinha entre os lençóis onde eu deveria estar".

Amaldiçoa as obrigações do compromisso assumido; de tudo o que o faz ir na direção contrária de quem não queria se afastar. Para longe do que realmente importa. O amor pregou-lhe uma peça. Revelou o sentimento que todos buscam e nem sempre encontra. A pessoa que o aprisiona e de quem você não quer se libertar. Nunca a esquecerá. Voltará para buscá-la. É profissional. Tem que manter a postura e seguir adiante. Fará o melhor trabalho de sua vida. Voltará ao Brasil para pedi-la em casamento. Para terem uma vida em comum na Alemanha, no Brasil, Rio, Recife ou numa ilha deserta. Em qualquer lugar do mundo. Ele voltará. É a certeza que mantém nesse momento de aflição e que o motivará nesse período de ausência.

Para Juliana os dias seguintes à partida de Rodolfo foram melancólicos. Viveu um período pós-romance. Os acontecimentos lhes parecem apáticos. Como aprendeu na adolescência, basta sobreviver e respirar. Tomar fôlego e seguir em frente. O mundo não sente a sua dor. Ela é sua de mais ninguém. O mundo não se importa. Existem milhares de seres humanos sofrendo de amor como você; e outra centena de milhares sofrendo pela falta de comida, remédios, doenças, falta de moradia, água, guerra, violência. Qual dor é a mais forte? A dor do amor ou a dor de quem passa por necessidades básicas? Qual o tamanho do seu egoísmo?

Cure-se e siga adiante. Não se vitimize. Você não é mais do que os outros para que todos estejam ao seu redor esperando você submergir à vida. Ela repete os mantras do aprendizado nunca esquecido. O que a fez sair da apatia e voltar à vida. Jamais dará o trabalho que deu aos avós na fase mais difícil. Eles foram o alicerce para sua volta do fundo do poço. A mola que a impulsionou para cima, quando ela se agarrou na borda para não cair de novo. Pacientes e amorosos, os avós nunca a deixaram sozinha. Não tem direito para recaída agora que é mulher jovem, não menina-moça órfã. A dor é dela não é de ninguém.

Juliana ligou para Fernando se convidando para um passeio de barco. O amigo do pai foi sempre o ombro amigo em quem ela pode confiar. A intimidade lhe permite falar sobre os acontecimentos de sua vida amorosa. Ela apresentou Rodolfo a Fernando. Ele o conheceu numa noite em que foram juntos a um restaurante. Depois, Fernando os convidou para um final de semana em Angra dos Reis, no sul do Rio de Janeiro. Rodolfo se encantou com o lugar. Fernando chamou apenas uma namorada e mais dois casais que falam inglês para que Rodolfo pudesse interagir com todos. Ele gostou do namorado da afilhada. Deram-se bem. Fernando gosta de fotografia e trocou informações com Rodolfo. Mostrou os equipamentos fotográficos e fizeram fotos durante os três dias na ilha, onde fica a residência de lazer do empresário.

Juliana se encontrou com Fernando no domingo seguinte à partida de Rodolfo. Passaram o dia navegando entre as ilhas. Ela contou sobre a possibilidade de eles se casarem e morar na Europa. Ela está triste e saudosa. Fernando se preocupou. Acha que Juliana precisa de desafios empresariais. De pôr em prática o conhecimento formal que aprendeu na faculdade. Se ela nunca trabalhou é porque não precisa, mas tem potencial e competência. Fernando sugere que Juliana trabalhe para amenizar a separação. Ele propõe alguma função no Grupo FTX.

- Não tenho herdeiros naturais. Só as ex-mulheres que irão atacar o meu império. Você herdou as ações do seu pai. De qualquer maneira é dona de parte do todo. Seria bom conhecer o patrimônio do Grupo por dentro. Você pode atuar em alguns setores e ver qual se identifica. Esse é o momento para pôr em prática os aprendizados teóricos. Você tem bagagem.

- Não tinha pensado nisso. Não quero tirar emprego de ninguém que precise.

- Não se preocupe. Você pode ser consultora. Criaremos um vínculo de trabalho por projeto. Sem horários fixos, mas com responsabilidade sobre produtividade. Que acha?

- Eu não sou mulher de correr de desafios, Fernando. Você me conhece.

- Então, fechado. Na segunda-feira vou falar com o pessoal do R.H. para entrar em contato com você e resolverem as questões burocráticas.

- Meus avós vão estranhar eu trabalhando, ela disse sorrindo, fazendo galhofa de si mesma.

- Tenho certeza de que Eulálio vai lhe admirar ainda mais e ficar mais babão do que já é, falou sorrindo e abraçando-a com carinho.

- Sou louca por aqueles dois.

- Eles são maravilhosos, Juliana. - Quando seu pai me apresentou a eles, logo que nos conhecemos e ficamos amigos, eu me encantei. Não tive a sorte de ter pais amorosos. Convivi muito com eles, Ricardo e com a sua tia Juliana. Temos histórias ótimas do passado numa fase bem louca no Rio. Você deve saber algumas.

- Sei quase todas. Devem ter escondido as mais pesadas.

- Ricardo era tranquilo, mesmo antes de casar com a sua mãe. Ele era mulherengo. Todos nós éramos.

- Oi? Éramos...?

Fernando riu.

- Ainda estou na ativa.

- Muito ativo.

- Todos sabem como eu sou. Mas não sou má pessoa.

- Não, não é. Apenas um hedonista convicto que gosta de sexo.

- Quem não gosta?

Fernando falou piscando um olho para a nova pupila que entendeu a intenção. Ela levantou a taça de champanhe e brindou com ele.

- Um brinde à nova ativista revolucionária do Grupo FTX.

Trabalho

Juliana aceitou a proposta. Primeiro foi conhecer as empresas do Grupo. Começou pela de importações e exportações. Depois a companhia de navegação. Passou pela fábrica de tecidos e a de celulose. Até chegar à rede de postos de gasolina, onde se identificou. Encontrou nessa área de negócios os maiores desafios onde poderia ser útil. Estudou a gestão dos combustíveis. Da produção à distribuição. Ela identificou e corrigiu problemas setoriais. Apresentou projetos de aperfeiçoamentos para a contabilidade, logística, informática, contas e cobranças dos postos. Melhorou a informatização das operações a partir de programas de softwares específicos.

Juliana desenhou processos mais eficientes, reduzindo custos operacionais. Todo investimento inicial para a melhoria do sistema foi recuperado. A distribuição de combustível nos postos apresentou margem de lucro superior aos meses anteriores. A contabilidade se tornou mais segura e eficiente. As perdas em todos os setores foram zeradas. Fernando deu carta branca à afilhada, assumindo os riscos. Juliana lhe consultava e explicava as inovações em planilhas sobre custos, prazos, aplicações e retorno. Nada foi aprovado sem consulta a Fernando e ao Conselho Administrativo.

Ela manteve o olhar distanciado de consultora e conseguiu enxergar o que as pessoas envolvidas no dia a dia do negócio não viam. Diante do bom desempenho, Fernando propôs que Juliana deixasse de ser consultora para assumir uma diretoria de novos negócios na Rede de Abastecimentos FTX. Juliana recebeu a notícia do próprio Fernando que providenciou para que ela ficasse à vontade no novo cargo. Ela agradeceu, mas disse que preferia continuar atuando como consultora. O objetivo não era emprego e sim trabalho para ocupar a mente com algo produtivo. Dessa forma seria útil para o sistema, apesar de todos os defeitos desse sistema.

Ele riu da frase.

- Eu sou o sistema.

- Eu sei. Não luto contra você nem contra o sistema. Absorvo-o. Mas fico grata por sua gentileza. É uma honra, mas vamos deixar a diretoria para os jovens executivos saindo das faculdades com sangue nos olhos.

- Várias coisas me surpreendem em você, Juliana. Uma delas é a capacidade de lidar com números. Por que você escolheu se dedicar à área financeira? Quem lhe conhece deve achar que você não tem nada a ver com coisas práticas.

- Foi mais uma das etapas da minha cura. Ao lidar com a lógica dos números, eu ativo o lado esquerdo do cérebro e anulo um pouco o lado direito. Dessa forma, resguardo as emoções. Achei que você soubesse.

- Nunca nem imaginei algo tão elaborado. Você é genial.

- Em Administração, eu tinha as opções de marketing, recursos humanos, logística e financeira para me especializar. Em regra geral, essa é a base gerencial de qualquer negócio...

Fernando assentiu com a cabeça. Ele domina todas elas. Ele lida todos os dias com profissionais dessas áreas. Ouve explicações e tem a visão geral de como cada uma delas funciona.

- ... seria simples para mim seguir no marketing que atua numa área mais criativa da comunicação, publicidade e propaganda, continuou Juliana, explicando as razões de se especializar em finanças. - Eu fui para a área onde seria maior o desafio. Lidar com números e dinheiro nunca foi o meu forte. Nunca paguei um aluguel no meu nome. Nem conta de celular eu pago. Vovô paga tudo. Não faço ideia de quanto eu gasto. Eu achei que estudar gestão financeira exigiria mais dedicação em estudar e aprender algo que até então estava fora do meu domínio.

- Então você fez o MBA e o estágio nos Estados Unidos.

- Pois é. Nem foi tão difícil quanto imaginava. Mas estudei bastante para aprender. Foi bom ativar o lado direito. Deu um equilíbrio saudável à mente. Uma racionalidade que me ajuda na vida pessoal. Hoje converso com vovô sobre negócios e economia. Ele cita dados mercadológicos e eu faço análises fundamentalistas. Ele adora ouvi-las.

Juliana continuou prestando serviços como consultora. Mantendo a rotina de trabalho e das atividades esportivas como as caminhadas na praia, natação na piscina olímpica e tênis no Iate Clube do Rio de Janeiro, na Urca, onde os avós são sócios-proprietários. Divertindo-se com amigos. Indo ao cinema. Dedicando-se à leitura de livros. Pedaladas de bike na orla. Respirando e sobrevivendo como Tom Hanks na ilha deserta do personagem náufrago. Ela sabe que dois anos passam rápido, quando a pessoa se mantém ativa. Cercada de pessoas legais, amigos verdadeiros. O trabalho ajuda a distrair e não pensar tanto em Rodolfo. No amor que ele deixou na alma e nas marcas do sexo no corpo. Algo mudou dentro dela. O que sentiu foi intenso. Como se descobrir a partir de outra pessoa. Ela guarda a lembrança como um amor interrompido, não terminado. Em algum momento o destino os unirá outra vez. Com sorte dará tudo certo. Dessa vez, sem limite de tempo.

Notícias

Um ano se completou desde a partida de Rodolfo. Juliana recebeu alguns e-mails, cartas e fotos, onde ele conta sobre o andamento dos trabalhos. A comunicação é difícil em lugares inóspitos. As condições adversas. Ele realiza o melhor projeto da vida. Está adorando tudo. Trabalha em tempo recorde. Em nenhum momento deixa de pensar nela. Enfrentou terremoto, maremoto, tempestade, moções, tubarões, piratas, ladrões. Ele partiu de avião de Bangkok, na Tailândia, para as ilhas Andaman e Nicobar. Foi na ilha dos ancestrais de canibais no Golfo de Bengala. De lá seguiu de barco para o extremo norte da Indonésia passando pelos arquipélagos de Simeulu e Siberut. Desceu para Java e continua seguindo rumo à descoberta das treze mil ilhas do arquipélago da Indonésia.

"À noite dentro do bangalô ouço os rugidos dos tigres pela praia e nas florestas. Há porcos selvagens, cobras, mas também pessoas amistosas, sempre sorridentes. São tantas culturas. Tantos dialetos diferentes. A comunicação é sempre um problema. Mas é esse desafio que me move a prosseguir. Eu nunca voltarei a enfrentar uma aventura como essa. Tenho consciência disso".

Ele contou que a malária é uma doença recorrente na região. Os mosquitos que a transmite estão em toda parte. Nas ilhas de Flores e de Komodo conseguiu fotos inéditas e próximas do Dragão de Komodo caçando e devorando presas. Rodolfo contou que a revista ofereceu a proposta de ele assumir a Diretoria de Fotografia da sucursal na França. Eles podem viver juntos em Paris ou continuar na Alemanha. Perguntou se ela aceitaria esse convite. Diz o quanto a ama e quer compartilhar a vida com ela.

Ao ler a carta, Juliana pensou que enquanto ela põe uma roupa elegante para reuniões de negócios com homens e mulheres no Grupo FTX para discutir estratégias financeiras, o amor da vida dela está na selva; no mar, na terra, em meio a nativos seminus, fazendo fotos e anotações sobre um outro mundo. Ela pensou o quanto eles têm gostos e pensamentos alinhados, mas o rumo da vida segue trajetórias diferentes. Ela pensa em qual correnteza vai se jogar para escapar da ilha isolada onde naufragou. Apesar de feliz pelas notícias e pelas palavras da esperança do reencontro, Juliana procura não pensar no assunto.

Ela escreveu nas páginas em branco de um livro sobre a Indonésia, na noite em que recebeu a primeira carta de Rodolfo com selo de Bali:

O destino tomará conta do futuro. A vida é o presente. O momento que vivemos. É preciso viver cada segundo, porque um segundo depois é passado. Um passo à frente e você já não está no mesmo lugar. O que houve passou. É a lembrança boa. O que vier no futuro será uma nova etapa. Um novo momento. O mesmo amor renovado. Ou finalizado. Eu estarei mudada.

Ele também mudará. A vida muda as pessoas. Os acontecimentos amadurecem as pessoas. O que fomos um ano atrás são roupas antigas que vestimos para lembrar de quem fomos um dia. É preciso caminhar para frente e se manter firme em busca dos sonhos e da felicidade. Talvez no reencontro vejamos que o que vivemos foi único e que tentar reativá-lo não será possível. Eu terei outros homens. Ele ficará com outras mulheres. Porque as pessoas precisam de sexo. É instintivo. Natural. Saudável. Necessário. As relações com outras pessoas podem mudar a forma de ver o passado ou o futuro. O tempo e a distância podem mexer com os sentimentos de ambos para o sim ou o não. Quanto menos se fizer previsões e se criar expectativas, mas simples será a vida. Mantê-la em movimento é a maneira certa de viver o presente. O passado existiu e virou lembrança. O futuro nunca existiu, tampouco sabe-se se existirá. Ao menos esse futuro pensado, sonhado, planejado. Então, viva o presente, Juliana. Aprenda com o passado. Planeje o futuro sem Rodolfo. Deixe-o acontecer, se tiver de acontecer".

Juliana está namorando Felipe, um jornalista da Rede Globo, produtor especializado em programas de esportes. Ele também joga tênis no Iate Clube da Urca e escreve para uma revista sobre esse esporte. Eles se conheceram na quadra. Tudo foi rápido. Felipe assediou-a. Ele é bonito. Moreno, esguio, corpo perfeito, pele bronzeada e dentes alvos. Mora sozinho num condomínio em São Conrado e tem cara de bom moço. Apesar da boa situação financeira e aparência, Felipe é discreto. Sem exibicionismo da riqueza material. A discrição é o charme. Foi o que atraiu Juliana. É rico e bonito sem ser fútil. Educado, nunca deixou de abrir a porta do carro, elogiá-la e falar baixo.

Quando a primeira carta de Rodolfo chegou três meses após sua partida, Juliana estava há um mês namorando Felipe. Eles dormiam juntos no apartamento dele. Felipe é diferente de Rodolfo em diversos aspectos, sendo também ótima companhia. Juliana sente-se bem com ele. O sexo é bom. Os encontros com amigos dele e dela são tranquilos. Ela gosta dele sem amá-lo. Ela contou sobre o relacionamento com Rodolfo. Felipe o conhece dos créditos nas fotos publicadas na *National Geografic* e de documentários nos canais de televisão à cabo.

- Não sabia que ele esteve no Rio. Foi pena não o ter conhecido. É um grande fotógrafo aventureiro. Deve ter muita história para contar. Creio que a gente teria feito uma boa entrevista com ele para o programa.

O namoro com Felipe durou quatro meses. O trabalho na rede de postos de combustíveis no Grupo FTX está organizado. Ela sente necessidade de encarar o maior desafio de sua vida. Não dá para adiar mais. É hora de voltar para Recife. De morar por um tempo na cidade de origem. Rever as praias do Nordeste. Ficar longe da zona de conforto da zona sul carioca. Do pedaço de paraíso entre a Pedra do Arpoador e o Pontal do Leblon. O esconderijo onde nada pode atingi-la. A caverna segura onde ela não tem medo; a sua proteção, o seu lugar no mundo. Ela ama aqueles quatro quilômetros de praia. Ninguém nunca os tirará dela.

Enfrentar o passado que deixou na adolescência desde a morte dos pais é a sua próxima meta. Em dez anos, apenas uma vez voltou ao Recife para assinar uns papéis sobre imóveis, empresas e terrenos. Não quis ver a cidade. Cumpriu a função burocrática, visitou a tia Helena e voltou para a zona de conforto no Leblon. Já viajou para diversos lugares no Brasil e no exterior. Menos para Recife. Quer exorcizar os fantasmas. Viver um tempo na capital nordestina. Redescobrir raízes. Há uma saudade escondida de um passado distante da adolescência.

Lembranças do mar quente de Boa Viagem. Da tapioca com queijo coalho no Alto da Sé. Do carnaval nas ladeiras de Olinda. Dos mergulhos nas piscinas naturais de Porto de

Galinhas. De caminhar sobre as restingas na praia do Pina. De sua antiga turma da escola no Colégio Damas. *"Como estarão todos agora"*? Só a um lugar não vai. Para as curvas sinuosas da Estrada de Aldeia, onde aconteceu o acidente que matou Elisa e Ricardo. Acha o lugar lindo, mas não precisa ir ao encontro de recordações tristes. Seria morbidez voltar ao lugar onde houve o acidente. Uma coisa é voltar à cidade. Outra no local da morte. É desnecessário. É arriscar um gatilho que não precisa. Está curada, mas não quer se sentir triste a esse ponto.

Quer voltar ao Recife para ter alegrias de reencontros com o passado em que foi feliz. A infância e adolescência com os pais. Sua vida passou num filme. Namoradinhos e amigos do tempo da inocência. Quantos ela reencontraria? Quantos estariam casados? Pensa na tia Juliana de quem herdou o nome e nem chegou a conhecer. Dedicou a vida em defesa da cultura indígena. *"Que grande mulher ela foi. Deu uma dimensão maior que a própria vida ao se dedicar à causa socioambiental. Renegou as facilidades burguesas da família e foi lutar por um povo que a maioria das pessoas nem lembra que existe. Abraçou a causa e morreu por ela"*, Juliana reflete, preparando-se para a decisão tomada de voltar ao Recife.

Ela se vê nesse contexto de aceitar a vida fácil proporcionada pelos avós e pela herança dos pais. Tem mais dinheiro do que precisa. Não é gastadeira, nem vive em shopping comprando futilidades. Fora isso, desfruta dos recursos que lhe chegam sem esforço. Não briga com a realidade, mas ao se comparar à tia de mesmo nome, percebe o ato de rebeldia. Juliana a admira sem tê-la conhecido. Os avós falam sobre ela. Preferiam que a filha seguisse por outros caminhos como o irmão Ricardo. Mas a tia foi irredutível nas escolhas. Estudou antropologia ao invés de Direito como eles gostariam. Fez mestrado sobre cultura indígena. Abraçou-se à causa. Ganhou prêmios, dinheiro e apoio do governo federal para se embrenhar na floresta. Mesmo não concordando, os avós permitiram a filha rebelde seguir o caminho traçado até o dia do acidente com o avião.

- Foi devastador, contou Eulálio com lágrimas nos olhos em uma noite de vinhos numa conversa familiar caseira. Uma noite de chuvas intensas no Rio. O horizonte escuro e os raios cortando a baía, iluminando a ressaca no mar e as ondas revoltas explodindo no Pontal do Leblon.

- Imaginávamos que mil coisas pudessem ocorrer com Juliana na Floresta Amazônica. Queda de avião era a última delas, comentou Amanda. - Pensávamos em assassinato, conflito com garimpeiros, mordida de cobra, jacaré, onça, menos em algo tão comum quanto um aeroplano pifar e cair.

- Ricardo nos ajudou muito, disse Eulálio. Foi o nosso guardião. Aí veio a sua mãe da qual ele se apaixonou de forma arrebatadora. Nós gostávamos muito dela. Uma mulher de força impressionante. Até que um novo acidente nos tirou o último de dois filhos. Por sorte ele nos deixou você, Juliana...

Eulálio parou de falar e deixou derramar as lágrimas. Juliana o abraçou.

- Eu amo você, vovô. Sorte a minha ter vocês dois comigo.

Amanda se juntou a eles no abraço; chorando, ela disse:

- Você será sempre a nossa princesa salvadora de velhinhos tristes, ela falou com a voz embargada entre o sorriso e a lágrima. - Temos medo de perder você desse mesmo jeito trágico, entende? Não podemos impedi-la de viver a vida; sair, viajar, ser feliz pelo mundo. Mas não sabemos se podemos suportar outra dor tão intensa.

- Imagino como foi difícil para vocês lidarem com a minha doença, enquanto sofriam pelo meu pai.

- Focamos em você. Focamos na vida. No presente que o seu pai nos deixou. A nossa preocupação era o seu bem-estar para evitar o pior.

- Que eu fizesse uma besteira...

- Havia o risco, disse Eulálio.

- A psiquiatra nos alertou, assentiu Amanda.

Foi uma noite de descobertas e revelações. Conversaram sobre tudo. Sobre o passado de Ricardo e Juliana naquele mesmo apartamento do Leblon. Eles contaram várias histórias de rebeldia da tia nas dunas do barato no Píer de Ipanema.

- Os irmãos adoravam aquilo. Nem os recrimino. Era libertador diante da situação política; a ditadura dos anos setenta, conta Eulálio.

- Mas eles nunca deixaram de estudar, corrige Amanda.

- Nunca, confirma Eulálio. - Eles fumavam uns baseados por lá, mas não perdiam o foco nos estudos. Você puxou a eles nisso. Ricardo ainda começou a surfar, mas deixou logo. Ele gostava mais de fazer trilha e escalar montanhas. A sua tia é que foi *riponga* por toda a vida.

- Ricardo era elegante, continua Amanda. - Não tinha nada a ver com o estilo surfista. Tinha os cabelos longos porque era moda, mas arrumado, bem cortado, penteado e sem parafina. Usava roupa de grife. Sapato. Um burguês do Leblon. Essa é a verdade.

Os três riram. Juliana propôs um brinde aos pais e à tia. Mas antes que pudessem brindar, Amanda começou a chorar. Ela pediu desculpas.

- É tão difícil né, vó?

- É minha filha. É difícil e sempre será, disse Amanda.

- Mas precisamos tocar a vida, porque é isso que eles esperam de nós... disse Eulálio.

- Estejam onde estiverem, completou Amanda.

Eles levantaram as taças de vinho tinto e brindaram à vida com os olhos voltados para o oceano Atlântico enfurecido na janela do sexto andar. A noite escura iluminada pelos raios ensurdecida pelo rugido do mar. Depois se calaram e ficaram reflexivos sobre aquela noite, onde a presença dos mortos se fez presente.

Avós

Dar a notícia aos avós de que voltaria a morar no Recife por algum tempo foi o mais difícil. Sentiu-se como se os traísse, após dez anos de convivência, carinho, amor, apoio e compreensão. Eles a abrigaram no momento mais difícil de sua vida. Agora, na velhice deles, ela quer partir, quando mais precisam dela.

- Juliana, minha filha. O seu avô e eu somos independentes. Temos a sorte de termos boa condição financeira neste país de abismos sociais e idosos abandonados. Não dependemos da esmola de ninguém. Nem da assistência social do governo para viver. Temos boa saúde e um ótimo plano de saúde privado. Cuidamos um ao outro. Temos renda, imóvel próprio, amigos, família. Você sabe de tudo.

- Eu sei vovó, mas é que não gostaria de deixá-los sozinhos. Tenho medo de algo acontecer e de eu não estar aqui para ajudá-los.

- A única maneira de envelhecer com dignidade é fazendo um pacto com a solidão. Nós dois já o fizemos e somos felizes. Temos um ao outro. Não se preocupe com o seu avô e a sua avó. Você sempre vai estar conosco. Nós amamos você. Você é a nossa filha-neta. Eu sei que você também nos ama.

- Muito, nunca duvide disso.

- Basta ligar de vez em quando e mandar notícias de como você está. Hoje é tão fácil se comunicar. O mundo ficou pequeno. Num voo de cinco horas você chega aqui. Numa ligação de celular nós nos falamos. Quisera na minha juventude fosse assim. Eu não iria ficar presa como raiz de árvore. Deixe o destino lhe guiar. Vá para onde o seu coração mandar. Se ele diz que é Recife, então vá viver sua vida. Essa é uma viagem há muito adiada. Se você sente que está pronta e deseja enfrentar a última etapa do seu tratamento, siga o seu coração. Vá ser feliz. Enfrente os seus medos e vença-os. Se você estiver feliz nós também estaremos.

O apoio dos avós aliviou o coração de Juliana. Libertou-a para seguir seu destino sem arrependimentos. A sorte foi lançada. Faltava deixar a consultoria do Grupo FTX. Organizar alguns documentos que serão necessários para alguns entraves burocráticos. Juliana procurou Fernando para lhe comunicar à decisão de voltar ao Recife. Avisou-o com antecedência para o caso de precisar que ela passe os projetos desenvolvidos pela consultoria, ela o faria. Fernando lastimou. Alegou que sua ausência seria sentida na organização. Todos gostam dela e do resultado do trabalho. Não insistiu em persuadi-la. Ele a conhece bem. Sabe que é decisão tomada sem volta.

Sedução

Foi nesse período que Fernando jogou a última cartada para seduzi-la. Era o momento de tê-la como mulher. Depois de sua partida não haveria oportunidade. Juliana não é mais a adolescente que chegou no Rio. É mulher madura de vinte e seis anos. Experiente. Dona da própria vida. Quando Fernando sugeriu que gostaria de tê-la como presente de aniversário, não quis vulgarizá-la. Foi sincero no desejo. Arriscou a ficha máxima. Sabe que mesmo ela recusando a proposta, não se zangaria. O perdoaria com uma troça e ele nunca mais tocaria no assunto. Ela conhece suas fraquezas masculinas. Ele é um hedonista convicto. Ela não é hedonista como ele, mas adora sexo. É para ser feito. Simples assim. Se ele não arriscasse a ficha na mesa do jogo, se arrependeria por não a ter jogado. Ele detesta perdas e arrependimentos. A dúvida seria pior do que receber o não de sua afilhada.

Juliana sempre evitou uma relação de intimidade com Fernando. Não apenas pelos laços familiares e de amizade, mas porque gosta dele como amigo. Teme que algo possa mudar caso venham a ser amantes. Ela percebeu que ele a desejava, mesmo sem nunca ter dito ou a ofendido com propostas e insinuações. Agora que vai partir, ele tomou coragem. Ela compreendeu a estratégia. É um jogador. Sabe o momento de rolar os dados e arriscar no jogo. Ela não se importa em satisfazê-lo. Viver a experiência. Transar pelo prazer. Sente-se atraída por isso. Acha-o atraente. Não tem experiência com homens com o dobro de sua idade. Experiente, com outro tipo de toque e carícia. Quando Fernando lhe fez a proposta, ela sentiu vontade de transar com ele. Não vai reprimir o desejo. Se não sentisse o desejo, não o faria. O mais importante e que a fez concordar é a confiança nele. Na discrição e honradez que ele sempre terá por ela. O momento é propício.

Putinha

Juliana deu seu corpo de presente no dia do aniversário de cinquenta e cinco anos dele. No iate. Uma noite memorável. Fernando é um cavalheiro e a tratou como princesa. O desejo contido, finalmente liberado. Ele aproveitou os momentos como se fossem os últimos. Elogiou o corpo, a beleza e a malícia. Sentiu-se um adolescente apaixonado. Juliana gostou de vê-lo bem-disposto. Ela se divertiu na cama com Fernando naquela noite e em outras seguintes. A sensação do proibido a excita. Fernando é padrinho e amigo do pai com quem agora tem um caso secreto.

A sensação de transar com este homem com o dobro da idade e o poderoso dono do Grupo a fez se sentir putinha. Ela gostou de se sentir suja. De sair da zona de conforto de garota riquinha da zona sul carioca. Do prédio de milionários na avenida ao lado do 'cinismo da Vieira Souto', como diz Marina na canção que toca nas rádios. Do limpinho e do asseado. Do politicamente correto. Da moral hipócrita dos bons costumes da sociedade brasileira. De dizer não às regras feministas que a mulher não pode ser objeto de uso masculino.

Ela se presta a sê-lo por opção, não por obrigação ou necessidade; e deixará de ser quando quiser. Ela está no comando. Ela manda nas regras do próprio corpo. Nenhum patrulhamento ideológico vai lhe dizer o que pode ou não ser feito. O que é certo e errado é decisão única dela. Ela também usa este homem como objeto de prazer. Ela não quer se envolver com ninguém até viajar para Recife. Também não quer ficar sem sexo, enquanto se organiza para partir. Fernando serve para servi-la. Ela o usa e é usada. Uma troca justa. É uma mulher romântica, mas pragmática. "Amor é uma coisa. Sexo, outra. É possível separar". Juliana escreveu a frase na contracapa interna do livro "Os cadernos de dom Rigoberto", de Mário Vargas Llosa. Ela o comprou na Livraria da Travessa, na avenida Visconde Irajá, em Ipanema. Será o seu livro de viagem para Recife.

"Amor pede sexo, mas nem sempre sexo pede amor". Nesse caso entre ela e Fernando não há, nem haverá amor. Ambos sabem. Há respeito e cumplicidade. Amizade antiga com um certo desvio moral. Ela nunca admitiria se relacionar com um homem que não a respeitasse. É independente desde a adolescência. Isso assustou os garotos no colégio. Tem posições firmes sobre o que acredita e de como deve ser a vida. Gosta de ler, de estar informada, de ver filmes de arte. Não se encaixa no perfil garota rica e fútil, nem a intelectual pálida que não vai à praia. Não se encaixa em caixas delimitadas por laterais fechadas. Definir-se não é meta, é convívio diário com divergências e possibilidades.

Ela tem dificuldade para se encaixar em grupos. Isso a fez sofrer em algum momento da vida. Em especial quando superava a morte dos pais. Fez terapia. Visitou psicólogos. Tomou remédios. Aos dezoito sentiu-se curada e corajosa para enfrentar a vida adulta. Agora pode ser e fazer o que quiser. Até ser amante do amigo do pai. O patrão, padrinho, velhinho safado. O hedonista bilionário carioca que paga por sexo. Ela vai transar para se sentir putinha de Fernando. Como se nascida para o sexo. Porque quer experimentar de tudo. Gosta de sentir a vida pulsar no corpo. O coração bater mais forte. A emoção dos corpos nus sobre a cama. Da rola entrando na boceta. De gozar em cima de um homem, enquanto cavalga sobre ele. Precisa disso para viver e ser feliz.

Amantes

Após a noite no iate tornaram-se amantes. Fernando a levou aos melhores hotéis da cidade e aos seus redutos particulares. Nunca para motéis. Se ela puder evita-los, ela prefere. Foram a restaurantes e boates. Ele é outro homem. Rejuvenescido e vaidoso. Juliana lhe proporciona um bem-estar como ele nunca desfrutou com outra mulher. Eles se conhecem mais do que todos os outros. Amizade é a mola mestra que os une. Um confia no outro. Sabe que o outro nunca quebrará essa confiança. É sexo e amizade. É muito para ambos. Eles sabem que é passageiro. Tem data para acabar, porque tem de ser assim para funcionar antes que algo se quebre. Juliana prepara sua volta ao Recife. Fernando ajuda resolvendo os entraves burocráticos no desligamento da empresa. Faz-lhe recomendações como amigo sobre negociações dos imóveis no Recife. Despede-se como amante. Duas noites antes da viagem tiveram uma noite de luxúria e devassidão. Juliana deu-se toda e fez sexo anal pela primeira vez. Nem com Rodolfo ela se permitiu. Fernando a convenceu que podia ser bom. Com tranquilidade e a experiência acumulada em milhas de corpos sem nomes e almas sem salvação, conseguiu ser o primeiro nesse ato atravessado. Ela gozou enlouquecida.

- É um gozo diferente.

- É sim, Juliana. As mulheres dizem isso. Não sei os detalhes, mas é possível ter prazer anal.

- Eu sempre evitei. Na verdade, nunca quis. Como você me convenceu?

- Porque você está madura. Você é uma mulher com a sexualidade plena. É possível que você não estivesse pronta antes. Tudo tem o tempo de acontecer. Assim como foi o sexo entre nós dois.

- Se você tivesse tentado qualquer coisa antes, eu o odiaria.

- Eu nunca faria isso. Eu adorava seu pai. Era como um irmão para mim. Só o fiz agora porque você é mulher madura e está curada do passado. Você sabe que não insistiria se você não quisesse.

- Sei disso, Fernando. Está tudo bem entre a gente. Bem resolvido.

No dia seguinte, ele mandou entregar sacolas com roupas de verão para ela. Depositou uma fortuna na conta dela com a desculpa que era pagamento pela consultoria e pelos serviços prestados ao Grupo FTX. Ele se desdobrou para agradá-la. Juliana sabia que ninguém é tão agradado assim nas empresas. Ela não precisa, mas sabe o quanto ele se sente feliz em lhe dar presentes e mimá-la. A relação de sexo e amizade acabará quando Juliana entrar no avião. Eles nunca mais irão transar outra vez. Ele sabe que isso é o certo a ser feito.

Prolongar a relação quase incestuosa acabaria em problemas sentimentais. O futuro de Juliana é ao lado de outro homem, não de um velho-amigo-padrinho. Ele continuará sua busca de prazer com outras mulheres, sem talvez encontrar a paz. Sente o peso da idade e da solidão. Sente-se envelhecido e só no mundo. Sem filhos. Sem uma mulher que o ame pelo que ele é, não pelo que o dinheiro pode comprar. Fernando a levou até o aeroporto. Ao se despedir, beijou-a no rosto. Abraçou-a fraternamente, como um tio abraça uma sobrinha ou o pai uma filha.

- Obrigado por tudo. Nunca vou esquecer os momentos ao seu lado. O que você fez por mim nesses últimos dias foram os melhores da minha vida.

Juliana o afagou no rosto com uma das mãos e o beijou levemente nos lábios. Abraçaram-se por longo tempo. O adeus no último olhar. De olhos úmidos Fernando acompanhou o caminhar da moça linda de pernas compridas até a porta de entrada do embarque. Quando ela sumiu entre os passageiros, Fernando sentiu-se ainda mais só. Quis ter alguém em casa o esperando. Quis uma família e uma criança gritando *papai chegou!*

- Que tolice pensar nisso agora.

Seis meses depois Juliana receberia no Recife um telefonema de Fernando. Ele casou com uma ex-namorada. Magnólia, de trinta e seis anos. Separada, um filho de doze anos. Os dois se conhecem há mais de dez anos. Disse que agora será a vez de Juliana ser *tia*. Magnólia está grávida de uma menina.

- Tenho que lhe agradecer. Você tem responsabilidade por essa mudança em minha vida.

- Fico feliz. Estou torcendo por vocês.

RECIFE

Juliana chegou ao Recife numa sexta-feira à noite. Ela viajou de primeira classe em voo comercial com escala em Salvador. Não aceitou o voo fretado por Fernando. Antes de o avião aterrissar, ela mentalizou ficar em paz. Serena com as emoções e os pensamentos. Ela se preparou para essa visita desde o Rio de Janeiro. Adiou o retorno até se sentir segura. O momento chegou. Vai vivê-lo da melhor maneira possível. Um dia de cada vez. Como alguém que precisa se livrar de um vício. Uma simples visita a uma capital é para ela um evento de resiliência e superação. Sente-se pronta para encará-lo.

No Aeroporto Internacional dos Guararapes Gilberto Freyre ela é recebida por Helena, irmã de Elisa. A sua única tia por parte de mãe. Helena está acompanhada da filha adolescente Patrícia, de treze anos, do segundo casamento. Francisco, o marido atual, é professor da Universidade Federal de Pernambuco. Helena é morena de pele clara. Tem a beleza da mulher nordestina com olhar aguçado e o jeito leve de se comunicar. É inteligente e bem-humorada. Francisco é um negro alto, magro e elegante com olhar de domínio sobre tudo. A miscigenação deu à filha Patrícia uma beleza brejeira.

A menina pré-adolescente é linda. Tem o requinte dos traços de um anjo barroco com as formas cheias de exageros e adornos. O cabelo de um preto intenso é comprido e complementa o rosto quase redondo. Apesar da pouca idade é alta e comprida nas pernas, fazendo-a mais velha dos que as treze primaveras neste mundo. Ela se transformará em breve numa mulher atraente. Além de tudo é simpática e comunicativa; desembaraçada, abraçou e beijou a prima Juliana com a naturalidade de quem se veem sempre. Mas ela só a viu quando Juliana visitou a tia, na rápida visita que fez ao Recife, três anos após se mudar para o Rio. Estava transtornada. Foi uma visita horrível. Só pensava em ir para o aeroporto e voltar para o Rio; e, a primeira, quando a menina nasceu. Juliana tinha catorze anos e mal se lembra de Patrícia no berço. Logo depois, viria o desastre que a fez apagar as lembranças sobre a cidade. Parte delas relacionadas à família, aonde ia com os pais em visitas rotineiras.

Helena e Francisco se conheceram na universidade onde lecionam. Ela dá aulas de mestrado em Sociologia. Francisco leciona o mestrado em Ciência política. Com pouco mais de um ano namorando, eles decidiram viver juntos numa casa própria de Francisco no bairro de Candeias, ao sul da capital Recife. O primeiro marido de Helena mora em João Pessoa, capital da Paraíba, estado vizinho a Pernambuco. Eles continuam amigos separados. Nesse clima familiar Juliana voltou à cidade de origem, depois de dez anos de ausência.

Francisco e Helena moram numa casa grande à beira mar de Candeias, no município de Jaboatão dos Guararapes, na divisa ao sul do Recife. A casa tem acesso fácil à praia e possui um jardim imenso com piscina e fauna diversificada. Há papagaios, araras, um viveiro de pássaros e outro de peixes da espécie tilápia. São animais salvos de contrabandistas e autorizados para adoção pelo IBAMA por não terem condição de voltar à natureza. Entre os bichos domésticos estão a gata siamesa Michele e a cadela labradora Nina. Eles circulam nos ambientes internos da casa e estão sempre ao lado dos humanos. Outros animais silvestres não domesticados habitam o jardim como timbus e morcegos. Os saguins assoviam, se mostram na copa das árvores e somem na mesma velocidade. A chegada deles é anunciada com silvos agudos no início da manhã, quando o sol está baixo. São animais diurnos. Os timbus e morcegos são noturnos. Juliana adorou o lugar. O chama de Arca de Noé e Jardim do Éden.

- É o lugar mais utópico que já estive. É o que eu precisava, tia. Obrigado.

- Você é muito bem-vinda. Fiquei tão feliz quando você quis voltar para Recife. Você vai amar a cidade. Está acontecendo muita coisa boa na cidade no setor cultural dos anos noventa; na arte, na música e no cinema. Estamos no epicentro da cultura no Brasil e Nordeste. Você chegou na hora certa.

No jardim há coqueiros, árvores e arbustos. Manga, jambo, pitanga, acerola, pinha e amora são frutas tiradas do jardim para a mesa. Era o que Juliana procurava. Um lugar perto do mar de água quente e natureza para descansar dos anos agitados no Rio. São quatro empregados para cuidar da Arca de Noé. Duas mulheres fazem o serviço interno e dois homens mantêm o jardim, os animais e a segurança. Os animais são da responsabilidade de Chico, chamado de *xará* por Francisco. As duas mulheres são Corina, governanta da casa, e Maria Regina, arrumadeira. A primeira tem quarenta anos.

"Baiana da cidade de dona Canô", assim ela se apresenta a Juliana que lhe dá um abraço pernambucano. "Eu adoro a sua terra, Corina. Já fui tanto lá em Salvador. Já bati quase todas as praias daquele litoral privilegiado". Corina como toda baiana, seja do litoral ou sertão, é cozinheira das boas. Faz de tudo um pouco com muito tempero, pimenta e sabor. Para receber a sobrinha da patroa, preparou uma moqueca de siri mole com leite de coco e azeite de dendê acompanhada de arroz branco e vatapá.

A outra funcionária, Maria Regina, é arrumadeira. Tem trinta e quatro anos. Vistosa e comunicativa, está sempre trabalhando na limpeza da casa. É forte como um homem. Os cabelos encaracolados ruivos e o silêncio sepulcral são as suas marcas. É discreta como uma governanta inglesa com a energia das mulheres da Mata Sul de Pernambuco. Juliana a abraçou, ela retribuiu. Diferente da comunicativa Corina, Maria Regina é contida e tímida. Deu as boas-vindas com a voz miúda e olhos baixos.

- É uma máquina de trabalho. Gosta de gastar energia com limpeza, disse Helena elogiando-a para Juliana.

- É mais fácil manter limpo do que limpar o que está sujo, respondeu.

- Maria é uma pessoa maravilhosa. Aos poucos ela se acostuma com você. A gente conversa bastante. Em silêncio, se é que me entende, brincou.

- Ela é a minha salvadora, disse, pedindo licença para continuar um "serviço que deixei pela metade".

Foi a deixa de Maria Regina para que Helena se sentisse à vontade de contar a história da funcionária.

- Está há dez anos comigo. Era abusada em casa pelo pai no lugar onde morava em algum distrito perdido pelo descaso dos governantes. Ela agora estuda e tem vida aqui na capital.

A segurança e a jardinagem são por conta de José Manoel, um português viúvo de quarenta e nove anos, amigo de Francisco há trinta. Eles colhem manga no verão, entre janeiro e fevereiro. Manga rosa nas cores amarela e vermelha. Redondas e macias de cortar as fatias com a faca. Manga espada da cor verde com leve amarelado são de comer com a mão, rasgando a casca com os dentes até o caroço e lambuzando-se nos dedos e na boca. O aroma doce da fruta impregna o quintal. Os empregados fazem mudas com os caroços para distribuir e plantar em áreas públicas.

Em novembro chega época das pitangas e acerolas que circulam os muros do jardim formando cercas vivas. O vermelho da fruta contrasta com o verde das folhas. São colhidas em baldes. Nas refeições sempre tem os sucos cítricos das frutas vermelhas. Em todo o tempo que esteve lá, Juliana não viu refrigerantes na geladeira. Como ela também não gosta, adaptou-se ao estilo natural da família. Juliana foi acolhida no quarto de hóspede, especialmente reformado para a sua chegada. Ele permite a entrada e saída da casa com privacidade, sem incomodar ou ser incomodada por uma porta lateral. O espaço tem uma varanda com rede, um pequeno sofá e um centro ao lado. Instalaram TV a cabo e internet no quarto.

- Essa é a sua casa. Aproveite o tempo que lhe convier. Fique à vontade. Faça o que quiser. Aqui não se tem censura de nada. Quero vê-la feliz. Quando você foi para o Rio de Janeiro, dez anos atrás, eu fiquei preocupada com a sua crise. Nos vimos pouco nesses anos, mas para mim não faz a menor diferença. Estou feliz de tê-la aqui, perto. É bom vê-la recuperada, disse Helena, dando-lhe mais um abraço pernambucano de boas-vindas.

Antônio Maria

Nos dias que se seguiram, Juliana se deixou levar pela preguiça litorânea arejada na brisa do mar do Recife. Seguiu a orientação do cronista pernambucano Antônio Maria, num texto publicado no jornal O Globo, em 1958, chamado "Mais uma viagem ao Recife":

"Em cada vez que volto ao Recife, sinto mais forte o desejo de renunciar a tudo o que vivo longe daqui e deixar-me ficar numa dessas praias de maré mansa, onde a comida fosse o peixe que a jangada trás e outro prazer não fosse dado, além da rede do terraço. Um dia, farei isso, quando me convencer não só da inutilidade de lutar, como da minha incapacidade para lutar".

Despreocupou-se de horários e compromissos para viver o lazer cotidiano recifense. Acordava e saía para aproveitar o sol matinal pedalando no calçadão da orla ou caminhando na areia da praia. Do ponto onde estava, próximo ao mercado de peixe ela caminhava na areia até à foz do Rio Jaboatão. Apesar de poluído e inadequado ao banho, a saída do rio para o mar tem uma paisagem deslumbrante na maré seca, formando bancos de areia desde à ilha do Amor, na praia do Paiva, até a ponta de Barra de Jangada, ao lado de Candeias. Ela fazia o trajeto de acordo com as marés e fases da lua. Na maré seca em luas cheia e seca caminhava para a foz. Nas marés de lua minguante e crescente para Piedade, ao sul, na divisa com Boa Viagem.

Assim foi reconhecendo o lugar onde nasceu e se reconhecendo nele. Flashes da memória voltavam nos trajetos em meio a cheiros característicos e paisagens esquecidas. Em cada banho de mar, o corpo reconhece a temperatura da água onde deu o primeiro mergulho; ainda criança, com os pais. Em cada momento, permite-se lembrá-los; sem temer a morte, nem a vida. Sem medo do passado, nem horror do presente e do futuro. Assumindo-se como órfã como consequência de algo do qual ninguém está livre de passar. Por mais difícil que seja, não há caminho a seguir, senão o de olhar para frente e sobreviver da melhor maneira possível. Faça por você. Faça por eles. Faça pelos que ficaram. Mas faça a coisa certa. Não se entregue, porque só você pode se salvar. As pessoas vão lhe ajudar, mas no final é você quem precisa liderar sua mente para reagir.

Depois de caminhar, fazia alongamentos, ioga e tomava um café regional com inhame, batata doce, macaxeira, queijo de coalho e geleias. Tudo acompanhado de café preto coado e forte adoçado com mel de engenho. Suco das frutas colhidas no quintal. Passeava no jardim. Cumprimentava os animais. Conversava abobrinhas com os funcionários. Tirava o resto da manhã para ler. Deitada numa das redes no amplo terraço de piso em cerâmica Brennand marrom. As avencas balançam suaves na brisa de nordeste que vem do mar de Candeias. Dão conforto aos olhos. As heras aparadas rentes aos muros cobrem a superfície de cimento e impedem a temperatura alta no oásis verde do refúgio.

Pernambucana

No voo para Recife começou a leitura de "Os cadernos de dom Rigoberto". Juliana está encantada pelo novo romance de Mário Vargas Llosa, a continuação do anterior sobre o enrosco entre Lucrécia, Fonchito e Rigoberto. Ela voltou a lê-lo deitada na rede do amplo terraço ao som das marolas quebrando a poucos metros da casa. A brisa leste-nordeste passa em correntes contínuas e esfria as costas debaixo da rede. É diferente de estar na varanda envidraçada do sexto andar do apartamento dos avós. Vendo o mar do alto. Ela gosta de ler na varanda com a azul na janela. Ali ela o ouve, mas sabe que está perto e no mesmo patamar de altura. A sensação de sabê-lo perto é agradável. É a primeira vez que mora numa casa. Ela morou com os pais num apartamento em Boa Viagem. Voltar ao prédio é uma das visitas que fará em algum momento. Ela saberá quando o fazer de maneira natural.

Juliana vive um momento importante da vida. Está de volta ao mundo onde nasceu e viveu com os pais. O retorno às lembranças que renegou por dez anos. Vai revisitar a cidade. Rever pessoas. Voltar aos lugares onde passeou com os pais. Sempre soube que haveria o dia de enfrentar seus fantasmas de adolescente pirada. O problema era fugir de si mesma. Ela temia se enfrentar. O medo que vira pânico e a faz se afogar debaixo das ondas incessantes. Quando a síndrome chegou avassaladora, ela estava sozinha com um monte de gente ao redor. Os pais deitados em dois caixões, um ao lado do outro. Compreendeu que o mundo nunca mais seria o mesmo.

Ela quase não lembra de como aconteceu, nem gosta de relembrar. Por algum tempo bloqueou. Depois trouxe-a na terapia. A cena da primeira vez. Por isso a fuga. A distância. Todos a entendem. Ninguém cobrou. Ela é grata pelo apoio que não falta no mundo dos vivos. Saiu amparada e sedada da sala fria e iluminada com o cheiro doce e enjoativo das flores. Foi um processo longo e exaustivo. Mais de um ano para se recuperar do medo insustentável. Ninguém contou como aconteceu. Ela o ouviu da psiquiatra. Relembrou aos poucos. Precisou entender o gatilho e tratá-lo na origem. Sobreviveu ao processo de recuperação com recaídas.

Aos dezoito se sentiu realmente curada. Perder a virgindade foi um passo importante no processo. O sexo fez parte da sobrevivência. Depois foi a hora de se livrar das drogas legais compradas com receitas em farmácias. A maconha veio em seguida. Experimentou com Lucas. Aprendeu a fumar para transar. Relaxar. O efeito a fez pensar, pensar e pensar; e quanto mais pensava mais tinha ânsia de pensar. Em tudo ao mesmo tempo. Nela, nos pais, nos avós. Depois do susto inicial, acostumou-se. Usou o pensamento expandido a seu favor. Para andar na praia, mergulhar no mar frio, dormir, ver filmes, ouvir música, fazer sexo. A expansão da consciência passou a ser natural e saudável. Estudou o que usava. Entendeu a essência do THC e das demais substâncias que compõem a canábis. A maioria ainda não pesquisada. Ficou de bem com o uso controlado. Os avós aceitaram sem drama. Experimentou cocaína uma única vez e deixou de usá-la para sempre. Nunca mais se permitiu. Usou por curiosidade. Pouca, só para entender por que todos usavam aquilo no Rio. Ela é inteligente demais para não ser curiosa e mais inteligente ainda para conhecer os próprios limites. Não se envolver com uma droga química do qual não é possível ter o controle.

Agora volta ao seu medo maior. Onde tudo começou. À cidade do Recife, porque se sente preparada e tranquila. Essa tranquilidade é o melhor sexo e a melhor droga do mundo. É por essa paz espiritual que vive e que lhe dá a força que nunca pensou ter. Longe de tudo que construiu no Rio. Sente como se estivesse em outra vida. Vai se desligando do Rio mais rápido do que imaginava. Vai se acostumando à pernambucanidade nas pessoas da qual ela faz parte. Nasceu e viveu no Recife até os dezesseis anos. Há lembranças boas e más dos colegas no Colégio Damas, entre os bairros Madalena e Torre.

Vai absorvendo novamente a cultura local pela gastronomia: macaxeira, tapioca, queijo de coalho, carambola, mel de engenho, suco de caju e pitanga. Pelas conversas com sotaques e as palavras novas que aprende: avexado, arretado, abestalhado, tabacudo, zoada, oxe. O silêncio de manguezais do jardim é quebrado pelas vozes dos empregados. Pela risada de Corina. Pelo grasnar das araras e as falas dos papagaios. Entre as muitas repetições, eles aprenderam a dizer *xará*. Os sons familiares lhe envolvem com um sentimento de proteção e conforto. O acolhimento familiar que lhe traz paz interior.

Teve pouco contato com a tia, após a morte dos pais. Mas conviveu na infância e pré-adolescência. É como se nunca tivessem perdido os laços. Quando Helena soube que Juliana voltaria para enfrentar a última etapa da terapia, no retorno às origens e aos medos ocultos, fez questão que a sobrinha se hospedasse lá. Quis-lhe oferecer um lar para o acolhimento completo. Não queria que ela morasse num flat e fizesse visitas esporádicas. Por isso preparou um lugar especial para que se sentisse acolhida, segura e feliz de estar com a irmã de sua mãe. Ao mesmo tempo que tivesse a independência para sair e voltar e qualquer horário sem se sentir vigiada. "Estar nessa casa é como visitar o cenário de um romance de Gabriel García Márquez. Esse lugar é a minha Macondo". Juliana escreveu a frase na última página em branco do livro de Mário Vargas Llosa e lembrou que os escritores estão brigados há vinte anos.

Longe do mundo real, longe de tudo. No refúgio secreto e sagrado, Juliana se deixa divagar sobre temas amenos. Não tem pressa. Ela se levanta para fumar um baseado no quarto. Liga o aparelho portátil de rádio e CD. Quer ouvir as rádios locais. Sintoniza da Rádio Rock 89 FM. Francisco quem lhe deu a dica. Está rolando "Arquivo do Rock" com músicas dos anos mil novecentos e setenta. Toca Ramones, depois *D'yer Mak'er* da Led Zeppelin, seguido de "*Every little thing*" com Bob Marley. Ela apaga o *beque* e o deixa no cinzeiro.

Vai na cozinha. Bebe uma água e volta para o livro. Quando deita na rede, Nina chega e enfia o grande focinho entre as mãos dela e as páginas. Ela ri e dá um beijo na cabeçorra. A cadela dá dois latidos de felicidade e se joga no chão com um baque seco. As patas esticadas e sobrepostas aproveitam o frio da cerâmica. Dá uma remexida no corpo e se deita aberta com a barriga para o alto. Juliana dá uma alisada e diz: *você é muito linda*. A gata Michele observa a cena deitada sobre as patas numa cadeira estofada com a cabeça ereta e o olhar semicerrado. Assim a manhã se passa até o horário do almoço por volta das treze horas, quando todos voltam dos afazeres na rua e almoçam juntos numa antiga mesa comprida de madeira. Em um dos lados há um banco inteiro sem encosto e do outro lado três cadeiras individuais. Em cada uma das cabeceiras há uma cadeira. Uma delas sempre ocupada por Francisco. É brincadeira dele sentar-se ali bancando o patriarca. Helena não dá importância ao ritual e senta-se em qualquer lugar.

Passeios

Ao final da tarde quando o sol quente do verão dá trégua, Juliana sai de carro pela cidade e vai se acostumando com os lugares. Ela comprou um Land Rover Freelander, V6 à gasolina, câmbio manual, ano 1996; em estado de novo, com apenas um ano de uso e vinte mil quilômetros rodados. Juliana costuma dirigir até o Recife Antigo. Ela é fascinada pela beleza arquitetônica do bairro, pelas ruas de paralelepípedo, os casarios, as sacadas estreitas de gradil, as portas de madeira e os bares simples nas calçadas sob a brisa do mar. Indigna-se em ver o descaso com um lugar tão bonito.

Ela não entende porque o bairro não é residencial, funcionando apenas como comércio, turismo e diversão. Uma ilha na região central da cidade, entre o oceano Atlântico e o rio Capibaribe seria moradia disputada em lugares da Europa semelhantes àquele. Ela imagina as possibilidades de moradia para artistas, intelectuais, escritores com unidades transformadas em estúdios de fotografias e ateliês de pintura. Muitos cafés, livrarias, sebos, teatros, cinemas de rua, restaurantes e bares funcionando dia e noite. Um bairro com vocação para funcionar dia e noite perto da residência de pessoas que gostem de circular à noite e ter serviços no entorno.

O Recife Antigo é uma ilha com quatro pontes de acesso em apenas duzentos e setenta hectares. Um local simples de garantir a segurança. Nem isso há no bairro. Ela não é medrosa. É descolada com a violência do Rio de Janeiro. Sabe avaliar os perigos urbanos. Qualquer plano de segurança bem elaborado seria capaz de monitorar o bairro. Serviria de modelo para outras áreas. O lado esquerdo da cabeça de administradora de Juliana volta a funcionar. Sempre que ela dirige acontece isso. Dirigir faz o pensamento voar. A distância entre o bairro de Candeias, no município de Jaboatão dos Guararapes, para o Centro do Recife é de vinte e dois quilômetros. O trajeto demora cinquenta minutos pela orla com a visão do mar pela janela do carro. É um trajeto agradável e tranquilo para quem não está com pressa; não se importa com os inúmeros semáforos, as retenções do tráfego e a buzina do carro de detrás, um segundo após o sinal abrir. "É o menor espaço de tempo do universo", pensa Juliana cada vez que ouve o som no abrir do semáforo.

Juliana deixa o carro no primeiro andar do estacionamento privativo da Livraria Cultura anexa ao Shopping Alfândega. Dali há um vão suspenso ligando o estacionamento ao centro comercial. Ela desce a escada rolante do prédio antigo de arquitetura barroca e quase vazio. Há varias lojas fechadas e apenas a praça de alimentação e outros serviços funcionam. Mais uma razão para o bairro ser residencial e movimentar o centro comercial com uma ou duas lojas âncoras. Ela segue direto para a livraria pelo andar térreo do shopping. Ela está em seu ambiente. Cercada de livros, música ao fundo e o aroma do café vindo do espaço vazado no andar superior da livraria, onde se vê e é visto. Ela compra livros. Toma café de amarula com chantilly. Ouve música, assiste palestras e *pocket* shows. Juliana anda pelo bairro. Para em pequenos restaurantes. Bebe em mesas nas calçadas. Marca encontros com antigos amigos. Por estar numa área central da cidade é o lugar prático para todos. Ela planeja ter um imóvel no bairro. Quem sabe morar e montar um loft descolado. Gosta da praticidade de ter cultura e diversão perto de casa. Como no Leblon, Ipanema e Copacabana onde tudo é perto. O morador faz o trajeto a pé ou em pequenos deslocamentos de carro.

Ela também foi em Olinda comer tapioca no Alto da Sé. Beber em pé na calçada na rua do Amparo em frente à Bodega do Velho. Visitou o atelier de dona Isa do Amparo na mesma rua. Comprou a produção artesanal da artesã e dos filhos para presentear Helena e Francisco. Jantou *la pasta* de Dom Francesco. Comeu crepe no La Campannina e provou a culinária regionalista gourmetizada do Oficina do Sabor. Conheceu o atelier de Zé Som, na rua Treze de Janeiro. Comprou uns quadros e bebeu cervejas com ele no terraço voltado para o quintal das mangueiras.

Fabiana

Sua companheira constante é Fabiana Cavalcanti, antiga amiga de adolescência. A exuberância não a faz parecer o estereótipo de jornalista. Ela destoa do estilo discreto da repórter que atuou na redação de dois jornais da cidade. Depois de cinco anos na área cansou de ganhar pouco e trabalhar muito; sem horário, aos domingos e feriados. Fabiana sabe que a realidade no jornalismo é um ato heroico, nem sempre reconhecido. Tem que ter vocação. Para mudar de ramo, ela se especializou em comunicação empresarial e marketing de negócios. Passou dois anos nos Estados Unidos se preparando num MBA para executivos. Fez *join venture* com uma empresa de comunicação americana e voltou ao Brasil para montar uma filial, usando capital próprio sem pedir empréstimo bancário.

Fabiana é rica, expansiva e dama da noite. A vida de repórter foi difícil. Entre assédios de editores e entrevistados sobreviveu a todos, cedeu a alguns. É uma loira de rosto afilado e seios fartos, expostos em decotes generosos. Tem o olhar penetrante de fêmea no cio. Gosta de sair à noite e voltar de manhã para assistir ao nascer do sol deitada na rede do apartamento próprio. A janela do primeiro andar no edifício Oceania, na avenida Boa Viagem, dá de cara com a praia do Pina, entre os bairros de Boa Viagem e Brasília Teimosa. É um prédio charmoso de dois andares dos anos mil novecentos e cinquenta com janelas amplas, muro baixo e sem portaria. Fabiana está com vinte e oito anos e mora sozinha no apartamento de três quartos.

A localização é de fácil acesso para quem sai do bairro para o Centro do Recife ou para quem entra na zona sul indo para Boa Viagem, Piedade e Candeias. Juliana dorme no apartamento quando volta dos passeios noturnos. A distância até a casa de Helena, em Candeias, se torna arriscada de madrugada e depois de beber. Elas frequentam o Soparia, um bar movimentado no Pina encravado no fim da avenida Herculano Bandeira com acesso à avenida Boa Viagem. De lá para o apartamento de Fabiana são apenas quatro quarteirões de carro. Elas podem beber e chapar com baseados. A volta é uma linha reta em cinco minutos.

- O Pina de Copacabana é o Leme de Boa Viagem, Fabiana explica a letra da música de Otto que toca na Rádio Cidade FM.

Juliana não conhecia a música do primeiro disco do cantor pernambucano. Gostou na hora. Lembrou do Rio. Ela ama o Leme, espremido no cantinho do morro da praia de Copacabana. É uma caminhada de oito quilômetros da casa dos avós até lá. Pelo menos duas vezes por mês ela fazia o trajeto. Juliana acha o morro que divide o Leme da Urca um dos pontos mais bonitos no litoral do Rio. Sentiu melancolia e saudade por estar no Recife há dois meses. Quase não lhe aconteceu nada e foi tanto o que viveu neste nada.

Como ela, Fabiana é mulher de hábitos simples que aproveita o dinheiro da família sem luxo ou afetação de novo rico. É a única mulher de uma prole de três filhos com raízes numa tradicional família de usineiros. Decadentes e ricos, eles falam das glórias do passado e das usinas que a família foi dona em Pernambuco. As terras dominadas são assunto de almoços familiares que Fabiana comparece com certa frequência. Ela ouve as histórias e imagina produzir um curta metragem. Basta cruzar o portão depois do almoço para a ideia se dissipar como papel e lágrimas na chuva. A realidade se impõe e os seus melhores neurônios voltam a funcionar. No distanciamento afetivo familiar, Fabiana avalia que não está disposta a perder tempo, nem que a história é tão gloriosa para virar filme. Onde está a jornada do herói? Quem é o herói? Qual o momento da virada? O *midpoint*? Eles não vão querer ver a ruína familiar na tela. Não se conta o 'ponto de virada' para baixo em filme de família. Não quer arrumar briga com o clã Cavalcanti.

- O herói está velho. A fortuna menor do que foi um dia. Ainda assim é mais dinheiro do que o necessário para se ter vida de rico, ela pensou após mais um almoço dominical.

O reencontro foi oportuno para Juliana. Poucas das antigas amizades vingaram. A maioria das amigas do Colégio Damas estão casadas, em relacionamentos fixos, têm filhos pequenos ou estão separadas no segundo casamento. Há sempre uma dificuldade que a impede de marcar um encontro. Conseguiu se reencontrar com Adriana. Foi a melhor amiga na adolescência. A primeira intimidade que teve, antes mesmo dos rapazes. Uma dormia na casa da outra. Ninguém nunca soube. Aconteceu uns dois anos antes da morte dos pais. Elas passaram um ano namorando escondidas. Terminaram quando Juliana se apaixonou por Victor, um menino da sala dela. Ela ficou com ele. Adriana os viu. Elas brigaram. Juliana namorou esse menino até ir para o Rio de Janeiro. A separação foi um drama com promessas de amor eterno. Foi a pior fase da vida. A perda dos pais e do namoradinho. Deixar o colégio de freiras também foi difícil. Apesar do metodismo no ensino ela era enturmada e acolhida pelos professores. Juliana vai relembrando aos poucos o final da adolescência.

Saint-Exupéry

Juliana passa na frente do prédio onde morou com os pais. O edifício Saint Exupéry. Uma joia arquitetônica diferenciada na avenida Boa Viagem. O prédio branco retilíneo de quinas arredondadas é como um imóvel grego no Recife. "O meu pai adorava esse prédio", ela pensa ao estacionar o Land Rover e atravessar a avenida para a calçada do prédio antigo. Ela caminha na calçada como fazia quando era criança de mãos dadas com a babá Joana. Juliana para na esquina do prédio e vê a criança que foi um dia atravessar o semáforo carregada pelo pai com a mãe ao lado. Eles vão à praia. A felicidade plena de brincar na areia, tomar banho de mar, comer picolé de frutas. Uma lágrima lhe escorre na face por detrás dos óculos escuros.

Ela pergunta ao porteiro se há apartamentos para alugar. Ele diz que não. O dela está alugado. O inquilino é ótimo. Um alto funcionário público da justiça federal que já fez mil propostas para comprar o imóvel. É o único patrimônio herdado dos pais que ela não venderá no Recife. Os demais terrenos, mais dois imóveis e a casa em Porto de Galinhas venderá todos. Juliana não pensa em morar no Saint Exupéry. Ao menos, por enquanto, está descartado. O inquilino não deixa de alugar o apartamento para não perder a prioridade na compra. Ele aguarda com esperança e dinheiro para comprá-lo. Não há unidade à venda. Nenhum proprietário se desfaz de apartamento naquele prédio.

Juliana morou ali da infância à morte dos pais. Guarda as melhores lembranças da pré-adolescência, quando descia para encontrar os amigos no calçadão. Os primeiros beijinhos na areia. A idade da inocência e da saudade. Ela enfrenta o medo e as memórias de frente ao imóvel. O passado que lhe corroeu e quase a matou. Nada mais a derrubará. Ela atravessa a rua no semáforo de frente ao edifício no Segundo Jardim. Olha o mar onde tantas vezes tomou banho. O mar de água quente, correntes traiçoeiras, piscinas naturais e medo invisível dos tubarões. Juliana volta para o carro. Entra, retira os óculos e chora com as mãos no rosto. Refaz-se. Recupera-se. A dor é parte da recuperação. A dor é parte da vida. Vem e passa. O equilíbrio está em aceita-la como parte do todo da existência. O ser humano não é só alegria e sorriso. Aceite o momento. Viva-o, absorva-o e supere.

Ela respira e agradece ao universo cósmico por permiti-la estar ali. Juliana fez o último dever de casa que a doutora Tânia lhe passou. "Quando você estiver pronta, você vai saber. Não apresse o momento, nem o protele". Foram as últimas palavras que ouviu ao receber alta médica. O início difícil no Rio de Janeiro aos dezesseis anos foi superado com o apoio dos avós. Mesmo em cidades diferentes, eles se visitavam sempre. De todas as opções que tinha era a que mais lhe dava conforto, segurança e tranquilidade. O medo da solidão foi avassalador. Como um túnel escuro. Um poço onde ela sentava na beira com as pernas balançando para o buraco sem fundo. O medo era o sentimento presente.

Quando a filha Elisa morreu, os pais de Ricardo foram morar um tempo no Recife ao lado do filho. Alugaram um apartamento mobiliado na avenida Boa Viagem, próximo ao Saint Exupéry. Ficaram por dois anos na cidade. Juliana cresceu com eles. Quando se sentiram mais fortes retornaram ao Rio. Então veio a tragédia. Eulálio estava com sessenta e quatro anos e Amanda com sessenta e dois quando perderam o filho. Os avos são um casal de velhos-jovens cariocas bem resolvidos que por toda a vida moraram no Leblon. Eles criaram Ricardo e Elisa no bairro com toda a estrutura financeira para lhes dar a melhor educação formal. Os irmãos eram estudiosos e bem-sucedidos em suas áreas. A perda de Ricardo foi uma dor compartilhada. Os avós cuidaram dela. Ela os salvou.

Velhos amigos

Agora está de volta tentando se adaptar para morar para sempre ou por algum tempo. Deu-se o limite de seis meses para se decidir, mas sabe que esse prazo será antecipado caso não se sinta bem na cidade. Ela saberá quando ir ou ficar, se houver motivos. Os ex-namorados para os quais ligou possuem mulheres ciumentas que não querem ouvir falar dela. Recém-chegada do Rio, solteira, linda, rica e sensual, Juliana é uma ameaça. Teve encontros na cafeteria. Não passavam de um único. Ela percebia o receio dos homens comprometidos como se a namorada confiasse menos nele do que nela. Houve algumas situações estranhas. A mais improvável foi na vez em que um amigo apareceu com a prima da noiva e outro amigo dele.

Juliana se sentiu vigiada. "O cara não pode vir sozinho", pensou, enquanto dava dois beijinhos em todos. Não se importou que outras pessoas tenham ido ao encontro. Era ótimo ampliar o conhecimento. No Recife é preciso ser apresentado para outro nas relações que se iniciam. Ele não pode vir sozinho, porque contou à noiva que iria encontrar uma antiga amiga do ensino médio. Se tivesse escondido teria ido só. Se o tivesse feito, ele daria dois sinais de má intenção: um para Juliana, outro para a cara-metade, caso descobrisse o encontro. Ele mesmo contou a Juliana por telefone, desculpando-se e tentando encontrá-la sozinha em outro momento. A carioca do Recife declinou do convite.

Na Veneza Pernambucana, a cidade cortada pelos rios Beberibe e Capibaribe é fácil ver e ser visto. A cidade é um ovo onde todos se conhecem. Quem não tem algo a esconder não precisa mentir. Ao dizer a verdade para a futura esposa, o antigo colega foi obrigado a convidar a prima da noiva e um amigo. Um homem e uma mulher para garantir a vigilância no encontro. A noiva chegou depois para não dar pinta da estratégia. Cumprimentou Juliana. Encostou a cadeira dela a do noivo e, como um polvo que enlaça a presa, o abraçou com os tentáculos, sufocando-o até o desfecho do encontro. "Ele tem dono" era o outdoor levantado entre o casal e ela.

Juliana lidou bem com a situação. Não assinou recibo de perceber a intenção infantil da mulher. Continuou como se nada houvesse, conversando com todos, sendo simpática. Depois que o grupo de desfez, ela relembrou o fato dirigindo de volta para Candeias, por volta das onze horas da noite. Pensou em todas as cenas e o que se passa na cabeça de alguém com tamanha insegurança. Ela não sabe se por ter passado um período difícil na adolescência, a maturidade dos vinte e seis lhe faz bem. Ela pensa em Rodolfo com a certeza de que nunca será uma mulher assim. Não será com homem nenhum, nem admitirá controle dessa natureza de desconfiança.

É possível que lá atrás, na adolescência perdida e confusa, tenha agido mal em algumas situações. Todos passam por isso. É o pedágio para a maturidade. Sem erro não se aprende. Ela teve compaixão da mulher e dele também; e se martiriza por prejulgar. Juliana pensa nos sentimentos envolvidos naquelas pessoas na cafeteria. Ela se felicita por não seguir aquele modelo. Absorve essa constatação como algo positivo construído pela personalidade moldada na infância com os pais. Os primeiros anos de vida. A presença deles sem conflitos. Na infância e pré-adolescência. A fase mais importante da vida. Mesmo após tanto tempo é possível vê-los ao fechar os olhos. Ela retorna no tempo para se sentir a criança recebendo os ensinamentos de Elisa e Ricardo.

A condição financeira estável e o nível intelectual deles ajudaram. Ela é privilegiada em um país com tamanho abismo social, corrupção e desvios éticos. Nunca soube o que era dificuldade financeira, mas nunca viu os pais usarem o dinheiro ou a condição social como uma vantagem para más ações. O exemplo que a moldou no curto espaço de vida é de ter os dois pais cumprimentando empregados e sendo educados com as pessoas de menor nível socioeconômico. Nunca viu arrogância ou prepotência nas atitudes deles na rua, nem em casa. Com ela não poderia ser diferente. Nunca levou um grito ou viu um gesto de ódio ou raiva. Nem com os avós paternos, nem com a tia. Ela tem sorte e humildade para seguir os exemplos familiares. Imagina-se nascida em outra condição. Se teria o mesmo pensamento. O mesmo exemplo para seguir.

Brasília Teimosa

Numa quinta-feira de lua cheia, Juliana encontrou Fabiana no meio da tarde. As duas vão fazer um *happy hour* no bar Caravela, na beira-mar de Brasília Teimosa. As duas caminham pela praia. Descem de frente ao apartamento de Fabiana. Elas estão de óculos escuros e descalças e seguem caminhando pela areia molhada e firme com as sandálias de dedo nas mãos. O sol ainda está forte e o calor no corpo aumenta a sensação de felicidade deixada pelo baseado consumido minutos atrás no apartamento. Estão descontraídas e relaxadas. O mar está seco com as rochas altas formando piscinas na beira. Há movimento de gente por toda a praia, na areia e no mar. Vários barraqueiros estão com cadeira e guarda-sol de frente ao Hotel Cassino. O bar que elas vão curtir a tarde da quinta-feira tem pouca gente. É simples com piso de cimento. Na área interna e arejada ficam as mesas de madeira. No terraço com uma mureta rente à areia ficam as mesas e cadeiras de plástico. Elas sentam na parte externa sem coberta. A brisa de nordeste está fresca e o sol de oeste aquece sem esquentar.

- Sentia falta disso. Essa é a cidade onde nasci e não conheço. Não imaginava que houvesse esse lugar maravilhoso, diz Juliana, brindando com um copo americano e virando de um gole a cerveja gelada. - Nada supera o primeiro gole.

- Eu adoro isso aqui. É o coração do Pina de Copacabana. Por isso moro no bairro. Para ficar perto e vir andando pela praia.

Fabiana pede ao garçom tira-gosto de siri mole frito no alho e óleo, ovas fritas de peixe camurim e filé de meca na brasa. As duas riem e brindam os copos de cerveja americano. A Heineken dentro da luva de acrílico está gelada. O movimento de gente simples e tranquila soa como a voz de João Gilberto. Juliana está feliz. Ela olha tudo sorrindo. Seus olhos brilham como se naquele momento não houvesse Rodolfo, Fernando, Rio de Janeiro, a síndrome do pânico, as incertezas. Lembra a crônica de Antônio Maria. O compreende melhor agora nesse momento raro de poesia e beleza. Ela conta para Fabiana da cena na cafeteria sem dizer quem foram as pessoas. A amiga não as conhece. Juliana diz que marca encontros com amigos do ensino fundamental e médio. Às vezes os encontra por acaso em eventos e lugares. Em outras tenta marcar para conversar numa cafeteria. Quase sempre há uma noiva-esposa de olhar enviesado.

- Liga não amiga, isso é a cara do Recife, goza Fabiana. - Parece que não conhece o povo daqui. É a herança burguesa e careta dos meus avós portugueses.

Elas ficam no Bar Caravelas até às seis horas, quando a lua saiu e iluminou a praia e as pedras secas ao fundo. Há pessoas tomando banho de mar nas piscinas naturais de água morna. Estão satisfeitas e alegres. Para voltar, pegam a rua Bem-Te-Vi ao lado do bar. Passam pela frente do famoso Bar dos Cornos, na entrada do bairro e na frente do Posto da Polícia Militar. Seguem pelo calçadão da orla. Não seria seguro voltar à noite pela praia. Há centenas de pessoas pedalando e caminhando. Elas sobem ao apartamento e tomam banho. Juliana descansa na cama com Fabiana até às dez da noite, antes de pegar o carro de volta para Candeias. Fabiana preparou um café forte e Juliana se despede da amiga. Elas vão sair no dia seguinte para a noite recifense.

Transsa

Juliana seduz homens e mulheres. A beleza e a sensualidade dela não passam despercebidas. Ela conheceu alguns homens. Nenhum que a fizesse abrir as pernas. Está a fim de transar, mas os caras que conheceu em quase quatro meses na cidade não a empolgou. Ela se masturbava com frequência. No quarto depois de fumar um baseado, beber um vinho ou antes de dormir. Prefere se resolver sozinha do que transar pelo desejo momentâneo. Sentiu atração por um ou outro homem nas noitadas do Downtown Pub e no inferninho pop alternativo do Francis Drinks. Deu uns beijos. Umas encoxadas com mão lá, outra de volta, sem passar disso. Ela quer dar para o cara que a faça se jogar sem freios. Nesse processo de busca desencontrada acabou se entendendo com a companheira de balada.

Na sexta-feira, as duas beberam numa festa alternativa no quintal-jardim de um casarão na rua Prudente de Moraes, em Olinda Antiga. São três horas da manhã. Elas estão no carro de Fabiana, um Audi A3 1.8 aspirado, câmbio manual. Elas beberam e seria imprudente fazer o percurso até o Pina. Juliana propõe dormirem num motel na saída da cidade. Fabiana topou na hora. Em determinado momento, antes de entrar no motel, Juliana diz:

- É chato ficar sem sexo. Desde o Rio que não transo.

- Eu não sei o que é isso. Mesmo sem namorado, tenho os meus reservas semanais. Se não dou para um, dou para o outro. Uma vez por semana pelo menos.

- "Quando o amor não nos alcança, o sexo é um consolo". Juliana recitou a frase do livro de Gabriel Garcia Márquez.

- Essa frase é ótima, Ju. Nossa, pirei com esse livro. Pesado e belo ao mesmo tempo.

- É o encontro do autor com a própria velhice.

- Vou acender um baseado antes de a gente entrar no motel.

- Oba, faz isso.

As duas chegam chapadas e rindo no quarto. Juliana vai tomar banho, enquanto Fabiana abre uma Coca-Cola. Dentro do box, Juliana ouve o estalo da lata e sente sede. Pede uma água com gás. Fabiana responde.

- Eu levo aí.

Ela bota o *i-pod* para tocar Leonard Cohen. Fabiana tira a roupa suada e fica de calcinha com o ar condicionado gelando o quarto. Ela entra no banheiro e entrega a água para Juliana. As duas brindam. Fabiana assiste a água do chuveiro cair no corpo perfeito e bronzeado da amiga. A marca do biquíni está visível e delineia o formato do sexo depilado de Juliana. As pernas longas e os seios fartos a deixam molhada. Ela sente a palpitação vibrar entre as pernas. Começa a se tocar devagar com a mão dentro da calcinha. Um *voyeur* se masturbando para o objeto de desejo. Juliana a olha com tranquilidade. Curte o momento que antecede o prazer. Sem pressa como são os amores fortuitos e inesperados. Elas já ficaram nuas juntas no apartamento trocando de roupa. Mas aquela noite é diferente. Não há chance de algo não acontecer entre elas. O melhor é que não foi programado. Havia o desejo aguardando o momento certo de acontecer. Este momento chegou. Fabiana tira a calcinha e entra no box. Debaixo da água quente do chuveiro, cola o corpo ao de Juliana.

- Você tem um corpo lindo, Ju. Estou louca para beijar você todinha.

- Você está bêbada, Fabi, disse rindo e apertando os lábios de baixo.

- Eu já fiquei com mulheres. Não tenho problemas. Se você também não tiver.

Juliana a olhou bem dentro dos olhos.

- Eu só tive uma experiência. Muito antiga aqui no Recife na adolescência. Quase nem lembro mais. Quero experimentar de novo. Eu gosto e confio em você, a minha melhor amiga.

Elas se beijam pela primeira vez. Fabiana passa a língua no pescoço molhado. Com os dedos faz movimentos circulares nos bicos dos seios e desce as mãos ao meio das coxas de Juliana. Ela fecha os olhos e sussurra gemendo:

- Não quero que isso atrapalhe nossa amizade.

- Prometo que não vai acontecer. Só quero fazer amor com você. Fazer você gozar na minha boca.

Fabiana se agacha e a beija entre as coxas. Juliana abra as longas pernas para facilitar a massagem da língua. Desliga o chuveiro. Encosta as costas na parede, segurando-se com uma mão e com a outra os cabelos de Fabiana. Acompanha e contorce o corpo nos movimentos da cabeça. Juliana geme baixinho com o rosto encostado no vidro do box, embaçado pelo vapor do chuveiro quente e o hálito morno no vidro. Aumenta o movimento até gozar na boca da amiga. Saem do banho e se enxugam juntas.

Deitam-se na cama e se amam na penumbra do quarto ao som da voz gutural de Leonard Cohen. *If you want a lover, i'll do anything you ask me to.* Fabiana percorre com a língua as costas de Juliana, deitada de bruços com a bunda empinada sobre um travesseiro. Começa pelo calcanhar até a nuca, onde a beija com carinho e devagar. Depois se senta sobre a bunda de Juliana e faz-lhe uma massagem nas costas. Fabiana desce as mãos entre as coxas de Juliana, tocando no clitóris.

- Seu sexo é lindo. Você é linda. Eu amo você. Estou louca. Louca para dar a você. Tarada para comer você.

Fabiana continua com a língua no vulcão em meio às duas montanhas brancas. Juliana empina e implora para gozar de novo. Fabiana mergulha três dedos na frente; furiosos como torpedos sob os mares, enquanto afoga a língua no ânus. Alterna a língua entre a pérola e a gruta. Juliana dessa vez grita sem se conter. No motel onde os excessos são permitidos, deixa a garganta emitir o prazer. A imagem da namoradinha adolescente passa com a rapidez de uma estrela cadente.

- Preciso beber água.

Fabiana se levanta com o olhar de dever cumprido. Juliana se recupera e a beija para sentir o próprio gosto.

- Agora é você quem vai sofrer comigo.

- Vem, Ju. Me faz sofrer.

Fabiana se deita e abre as pernas para Juliana lhe dar o prazer.

- Sou tua putinha. Vem aqui meu amor. Vem me comer.

Juliana sente o doce-amargo do sexo da amiga até quase Fabiana gozar. Mas ela se levanta e pede para gozar em outra posição. Senta-se de cócoras no rosto de Juliana que lhe dá prazer com a língua, enquanto se masturba. O ritual se prolonga até gozarem juntas e desfalecerem.

No *i-pod* Leonard Cohen continua sua saga interminável de cantar as canções como se não houvesse amanhã. Nem houvesse nada tão belo para se ouvir, quanto a voz rouca e grave da poesia cantada. Nenhuma melodia ou letra que compusesse melhor a cena de amor dos corpos nus das duas mulheres saciadas sobre a cama de um motel barato, numa cidade qualquer do nordeste brasileiro. Como se o destino e a sorte fossem companheiros inseparáveis. Só os humanos de espírito livre alcançam a graça ao seguir pelo caminho traçado do universo e do qual não há força capaz de impedir o acontecimento.

Dance me to your beauty with a burning violin. Dance me through the panic 'til I'm gathered safely in; lift me like an olive branch and be my homeward dove. Dance me to the end of love. Dance me to the end of love.

Amigas

A amizade entre elas ficou mais sólida depois da noite de amor. Transaram várias vezes e a cumplicidade aumentou com a descoberta dos corpos. Desta cumplicidade surgiu realizar fantasias. Circularam pelos bares do Recife Antigo e à meia-noite foram para o Francis Drinks, um espaço de festas alternativas no primeiro andar de um prédio na rua Alfredo Lisboa, no Recife Antigo. Lá elas encontraram uma vítima. Depois de enlouquecerem vários homens escolheram um jovem de vinte anos para ser o sortudo da noite. Um garoto tranquilo de rosto bonito e corpo atlético. Eduardo está no primeiro ano da faculdade de educação física e tem namorada. Elas o convidaram para beber uma cerveja fora da boate, na esquina da Rua da Moeda com a Matriz e Barros. Na mesa na calçada com a cerveja entre eles depois de um brinde, elas fizeram o convite de ir para um motel. Ele riu e perguntou se era pegadinha.

- É sorte demais para uma noite só. Duas gatas lindas e gostosas para fechar à noite é uma proposta irrecusável.

Juliana ficou no banco de trás com ele, enquanto Fabiana dirigia com a mão dentro da calcinha. Juliana tirou a dela e ficou nua para ele. O rapaz emergiu o submarino da calça. Juliana o agarrou como se pegasse na marcha do carro. Ela estava muito a fim do membro masculino. Há quatro meses não transava com homem, desde a última vez com Fernando. Botou-o na boca e se reversou entre beijar o rapaz na boca e o membro. Sentiu a diferença da boca masculina e de segurar o falo. Por mais que gostasse do sexo com Fabiana, não era sua preferência. Sentia falta da rudeza masculina. Nesse clima chegaram ao Eros Motel, no bairro de Afogados, na zona norte do Recife. Foram para o melhor quarto. Amplo, bem iluminado. Cama enorme. Elas podem pagar. Elas o convidaram. Elas são as fêmeas que escolhem o macho que querem comer.

- Entendeu garoto? Fabiana pergunta para o pós-adolescente de faculdade, segurando-o pelo queixo. A gente vai comer você.

No alto dos seus vinte e oito anos de idade e boa quilometragem em paus, bocetas e camas, Fabiana entende que sexo é bom quando é divertido fazê-lo. Aquele lance dela com Juliana lhe fazia um bem danado. Está apaixonada, mas nunca diria à amiga. Ela aceita que aquele encontro vai além do sexo. É uma parceria de amigas que se conhecem e se confiam. Juliana nunca assumiria uma relação amorosa, porque é hétero. Ela está homo. Ela viu o quanto a amiga queria sentir o membro masculino. Ela também gosta e tem os parceiros fixos. Por mais que o sexo de ambas as saciem, elas são bissexuais com inclinação para hétero.

- Vocês mandam, eu obedeço, disse Eduardo. - A sorte me trouxe aqui. Agora o destino cuida de mim. Estou pronto para tudo hoje.

Juliana disse para ele se masturbar devagar vendo-as se amarem. Elas deitam na cama larga e fazem sexo para ele. Ele espera armado o convite para fazer a *ménage à trois*. Elas se saciam com ele. Depois pedem um táxi e ele vai embora sozinho. Elas dormem no motel e nunca mais o viram após esta noite. Ele tampouco conseguiu encontrá-las.

Alguém no caminho

Foi nesse período que Juliana conheceu Alejandro Aguilar Espinosa. Na estreia de uma peça para convidados no Teatro Apolo, na rua do Apolo, no Recife Antigo. Uma montagem em turnê nacional com atores conhecidos de novelas da Rede Globo. Juliana recebeu o convite da atriz Ana Maria Sobral. Elas se conheceram por acaso na casa de Helena e Francisco. A moça é professora da graduação e doutoranda em Artes Cênicas na Universidade Federal. Ela foi visitar o casal e levar os convites. Juliana conheceu Ana Maria e se deram bem. Tinham quase a mesma idade. Ana é cinco anos mais velha. Uma mulher sensual com a pele de cera e o corpo esculpido. Os cabelos lisos e longos até quase a cintura. Os olhos indígenas num rosto fino compõem a beleza rara e exótica. Diferente da maioria, nem um pouco comum.

Enquanto conversavam no terraço da casa com Helena, Francisco e Ana Maria, Juliana fantasiou um romance com a atriz. A leveza da inteligência e a conversa sobre cultura em alto nível intelectual atraíram Juliana. Ela se sente atraída por pessoas inteligentes. Um desejo sexual a desperta sempre que conversa com alguém assim. Pensou como seria a rotina de casal com a professora atriz. Excita-se em pensar como lidar com sexo e inteligência. O sexo é brutal e o intelecto amoroso. Quando se completam é perfeito. É mais fácil encontrar um intelectual que aprenda a ser rude no sexo do que um rude virar intelectual para o convívio diário.

Juliana seguiu sozinha no carro para o Bairro do Recife Antigo. Helena e Francisco foram no carro deles e se encontraram lá. Após a apresentação da peça, um pequeno grupo de atores e amigos próximos foram jantar em um restaurante na rua do teatro. Juliana foi como convidada de Ana Maria. Helena e Francisco preferiram curtir a noitada nos bares da Rua do Bom Jesus. Foram ouvir o blue jazz da Uptown band no London Pub. Na recepção do restaurante um espaço privado foi reservado para um grupo de trinta pessoas. Alejandro é o produtor executivo nacional do espetáculo. Ele lidera o grupo de convidados. Os dois foram apresentados por Ana Maria e logo se entenderam. A conversa fluiu. Trocaram números de telefone com a promessa de se verem novamente.

Enfant terrible

Alejandro é desapegado. Homem de paixões efêmeras. Não é de amar e manter relacionamentos longos. Quando acontece, dedica-se. Mergulha nos sentimentos para vivê-lo com intensidade. Ao olhar para Juliana e conversar com ela por quinze minutos em meio ao cumprimento das pessoas, logo percebeu que a desejava. Ele voltou a morar no Recife depois de uma decepção amorosa em Madri. Fugiu para não sofrer no lugar onde amou. O Brasil lhe surgiu como o lugar certo para esquecer um amor e conhecer outro, sem pressa. Tudo no tempo e na ocasião que o destino lhe oferecer. Na trajetória passou por Florianópolis, Rio de Janeiro, São Paulo, Bahia, Sergipe e Alagoas. Subiu a BR-101 devagar. Depredando vítimas e abandonando viúvas. Deixando amores e dores; criando histórias mal contadas, fazendo promessas nunca cumpridas, enquanto superava seu conflito interior.

Alejandro estacionou o Ford 250 a diesel no Recife no início dos anos mil novecentos e noventa, quando a magia cultural acontecia na cidade. Do caldeirão noventista sairia um jovem da periferia de Olinda para tocar maracatu e pop rock com Gilberto Gil, no Central Park, em Nova York. O produtor vislumbrou a ascensão da cena musical ao assistir ao show do cantor com a banda Nação Zumbi numa calçada do Bar Soparia, num domingo à tarde. Para o atento produtor foi como assistir ao nascimento do blues no Mississipi, no século dezenove; ou o início da bossa nova em Copacabana, nos anos mil novecentos e cinquenta.

O ritmo das alfaias com a guitarra rock de Lúcio Maia e as letras do cantor anti-herói sobre temas locais o fascinou. O músico nascido no bairro de Rio Doce e os seus companheiros foram os primeiros que Alejandro contratou para produzir. Ele fixou residência e trabalho no Recife. Comprou apartamento na avenida Boa Viagem e abriu escritório no Recife Antigo. Organizou-se e subiu para conhecer as capitais ao norte. Gostou de João Pessoa, Natal e Fortaleza. Ele acompanha o movimento cultural na região. Montou a produtora internacional de eventos culturais com matriz na capital pernambucana e filial em João Pessoa. A matriz atende até Sergipe e a filial os três estados acima. Mantém o ritmo de visitar a filial toda semana, mais por prazer do que necessidade.

Quando Alejandro conheceu Juliana não pensou em amor. Quis sexo. O corpo perfeito e a sensualidade do sotaque carioca lhe atraíram de imediato. "Ela é agradável e culta", respondeu ao ser perguntado por Ana Maria. Eles transaram na noite seguinte ao encontro. Alejandro passou em Candeias para pegá-la no Land Rover Defender 90 de cor preta. Ela amou o carro. Contou que tem um no Rio e no Recife usa o Freelander. "Gosto de pegar trilhas alternativas". A frase soou dúbia. Ele a olhou e ela entendeu. Eles riram.

O humor pernambucano na essência. Juliana virou a cabeça para o vidro da janela com a mão sobre a boca como se estivesse pensativa. Balançou um pouco a cabeça e virou-se com olhos laterais. O analisou sem receio. Ele continuou dirigindo e retribuiu o olhar. Esboçou a face madura da conexão com um leve sorriso. "Sim, eu sei o que aconteceu". Em ambos há um caminho além do sexo natural e inevitável. A conexão após esse pequeno ato de prazer egoísta. O riso e a fluidez de quem se vê pela segunda vez marca um território importante. Se *dá liga* ou se foi engano.

Juliana se sentiu à vontade com Alejandro. O corpo reagiu e ela molhou a calcinha ao pensar que daria para aquele homem naquela noite. Antes mesmo de descerem do carro para beber, ela já pensava no sexo com ele. Um homem magro, alto, de corpo definido e cabelos longos. As marcas da idade o consomem implacáveis aos trinta e seis anos. Noites de álcool, drogas e sexo deixam marcas. Um pouco de maturidade com alguma indisciplina. Um executivo bem-sucedido com jeito de quem toca guitarra numa banda de rock sem futuro.

Ela adorou tudo dele. O estilo do carro, o restaurante escolhido, a conversa e o jeito. Soube que encontrou um namorado novo. Falta combinar com ele. Ela fará do jeito dela. Ela o quer mais do que apenas sexo em encontros ocasionais. Quer passar mais tempo. Conhecê-lo. Conviver. Desde Rodolfo é a primeira vez que sente vontade de se dedicar a alguém. Que se sente atraída para dividir tempo e espaço. Para falar de amor e outras bobagens. Beber, fumar e transar. De sentir ciúme de vez em quando e de poder ficar calada olhando para o nada depois do amor.

Eles jantaram e beberam num restaurante sem requintes; de comida boa e simples, na beira da foz do rio de Barra de Jangada, bairro vizinho a Candeias. É noite de lua cheia. A luz rastreia a foz do poluído rio Jaboatão que deságua no mar os dejetos do município. O mar de tubarões e correntezas perigosas está lindo como uma fotografia de Rodolfo. O que se esconde abaixo da superfície não é visível aos olhos. A brisa é agradável com cheiro de mar e algas. O céu está claro e salpicado de estrelas em volta da bola iluminada. A garrafa de vinho, as lagostas grelhadas e a boa conversa fazem efeito sobre eles.

Beijam-se e logo o desejo se torna irrefutável. Um motel simples próximo ao restaurante é o caminho mais curto para aplacar o que se faz urgente. Dentro do carro entre o restaurante e o motel, Juliana fica nua. Ele coloca o pênis para fora e ela faz sexo oral. Alejandro é sensual. Atraente no físico, interessante de conversa. A noite foi de sexo selvagem, oral e anal. Ele a pegou pelo cabelo como quem cavalga uma égua enlaçando os cabelos na mão e a penetrando de forma rude. Surpreendeu-a. Gostou da pegada. Ela sentiu o prazer que a faria repetir aquele sexo com o romantismo que Alejandro parece dominar.

O amor que sente por Rodolfo é especial e único, mas a química física e emocional de Alejandro a faz querer romance. Quer companhia. Noites de sexo e loucura com aquele brasileiro-espanhol. Bronzeado, meio louco e seduzido pelo nordeste brasileiro. O envolvimento carnal será forte para durar. Não sabe se é somente sexo e companhia. Vai se jogar para ver o resultado. A partir daquela noite Juliana e Alejandro formam o novo casal badalado da cidade. Por um ano não mais se separaram em uma relação saudável. Sem brigas, ciúmes ou firulas. Desenvolvem uma vida em comum entre negócios e sexo. Tudo junto e misturado na cidade que arde em arte. "Antes arte do que tarde" preconizou o agitador cultural Jomard Muniz de Britto em livro produzido e lançado pela Alejandro Produções Artísticas. A produtora foi a mais importante da década no Recife. Nenhum trabalho de qualidade deixou de ser produzido sem o apoio financeiro, logístico e de comunicação de Alejandro.

João Pessoa

Juliana contou sobre Rodolfo no primeiro mês de namoro. Revelou da possibilidade de ele retornar ao Brasil; que mantinha contato ocasional por e-mail e cartas esporádicas. Alejandro a ouviu calado. Preferiu não se estender sobre o assunto. Nada havia de concreto, nem a ser dito naquele momento. Ficou atento ao adversário sem, contudo, valorizá-lo. Por experiência sabia que não deveria conversar sobre o tema. Talvez fosse apenas uma fantasia romântica da nova namorada. Ficou atento, sem comentar do rival.

Eles faziam viagens constantes para João Pessoa. Hospedavam-se no *loft* de Alejandro, na orla do bairro de Manaíra, de frente para o mar. O local é a sede da produtora. Uma mansão de cinco quartos e diversos ambientes que Alejandro modificou. No quarto com o pé direito mais alto, ele construiu um *loft* com cem metros quadrados de área térrea e cinquenta na área suspensa. Na mansão eles resolvem negócios, participam de reuniões, recebem visitas comerciais e fazem os ajustes finais dos eventos de responsabilidade da filial da produtora Alejandro Produções Artísticas.

Os grandes espetáculos de teatro e shows musicais em Natal e Fortaleza são gerenciados por João Pessoa. Em Maceió e Sergipe pela equipe da matriz em Pernambuco. A promoção dos eventos abrange os municípios maiores no interior dos estados, além das capitais. Isso atrai o público das cidades menores no entorno, reduzindo os custos de logística e alcançando públicos mais amplos. Na capital paraibana, entre o trabalho e a diversão, eles caminham no calçadão da orla na avenida João Maurício e tomam banho no mar calmo entre Manaíra e Tambaú.

Eles gostam do bairro, onde é fácil se locomover a pé para restaurantes, bares e centros comerciais. Um dos programas é o restaurante Mangai de comida regional. Alejandro é fascinado pela comida nordestina e pelos sucos de fruta. O trajeto é a pé na orla. Curtindo a brisa e o bucolismo da avenida com prédios baixos à beira mar. Juliana comenta que Recife deveria ter seguido o modelo da capital paraibana, limitando a altura dos prédios na avenida Boa Viagem.

- Seria um bairro mais agradável e menos sufocante. Esse modelo de urbanização não deixa o bairro denso, quente e com problemas de mobilidade. Parte do Leblon, Ipanema e Copacabana também não ultrapassa os seis andares.

Alejandro também não aprova os prédios de trinta andares da avenida Boa Viagem. Eles fazem sombra na praia à tarde e impedem a ventilação no bairro. "É uma avenida sem personalidade", avalia com o olhar europeu acostumado a imóveis antigos e bem preservados.

- É o tipo de mentalidade de empresários e políticos estúpidos. Ignorantes. De pouca cultura. Destruíram patrimônios lindos como a Casa Navio ...

- Nossa, eu lembro desta casa na minha adolescência. Eu amava. Tenho fotos na frente dela com os meus pais.

- Eu só a conheci por fotos. Infelizmente. Imaginei um Centro Cultural com cinema, café, livraria, mini auditório, restaurante.

- Você sabe qual é o prédio que tem lá hoje, não? Juliana perguntou.

- Sim. O edifício Vânia. Um entre tantos sem alma e sem atrativos. Apenas mais um. Não é um ponto turístico e histórico do bairro. Não movimenta o turismo. Não faz alguém parar e tirar fotos. As lideranças políticas da cidade não têm sensibilidade para preservar a história, o passado da cidade. Percebi logo nos primeiros meses. O recifense vai ao exterior ver a velharia dos outros, mas destroem a própria. Eu só posso chamar isso de ignorância.

- Tem a ver com a visão do que é progresso. Político sem cultura que pensa no progresso como o processo de destruir o antigo para construir o novo. O charme é preservar patrimônios e encontrar o equilíbrio entre o passado e o moderno. O interesse econômico das construtoras que patrocinam campanhas políticas tem culpa nessa visão política para dentro da caixa.

- Eu relutei a comprar um apartamento na avenida Boa Viagem, mas não encontrei nada antigo que estivesse em boas condições do tamanho, na estrutura e localização que preciso.

- Você conhece o edifício Oceania?

- Ah, sim, é lindo. Passo por ele de carro, mas nunca o visitei. Gosto de ir ao bistrô no térreo. Está bem preservado?

- Mais ou menos. Há alguma pressão imobiliária sobre os proprietários. A minha amiga Fabiana mora lá. Eu adoro o apartamento. Pensei em dividir com ela. Talvez faça isso.

- Porque você não vai morar comigo de uma vez?

- Não sei ainda Alejandro. Vou sair da casa de Helena em Candeias. Já estou há muito tempo lá. Também ficou longa e cansativa a distância para o Centro, agora que estou trabalhando na produtora no Recife Antigo. Quando era só deitar na rede, ler, caminhar na praia e passear de carro estava bom.

- Venha morar comigo. Eu quero muito isso. Quero você como a minha rainha do lar.

Ele falou dando uma gargalhada.

- Oi?

Ela riu também. Sabia que era brincadeira, *gréa* pernambucana.

- Eu aprendi a *grear* com vocês, disse Alejandro.

- Eu adoro esse termo. No Rio ninguém sabe o que é. Eu falava *gréa* e *massa* na adolescência. No Rio fui perdendo aos poucos. Mas rainha do lar não tenho mesmo vocação, ela falou sorrindo.

- Eu quero você debaixo do mesmo teto. *Esse caminho é a solução para me levar se quiser e ser só minha mulher.*

Juliana riu da palhaçada.

- Certo Ronnie Von, você tirou o dia para *grear* comigo? Ela respondeu, entrando na brincadeira. - Eu já quase moro com você. Durmo lá noite sim, outra também. Mas gosto de ter o meu lugar. Vou ver se Fabiana topa alugar um quartinho no apartamento do Oceania. É grande para ela sozinha. Ou alugo um flat, só para saber que tenho um lugar para onde ir, caso você me expulse de casa. Ela riu da própria piada. - Se é para grear...

Ambos riram. Ele a tomou nos braços e a olhou firme nos olhos.

- Eu estou apaixonado por você. Estou amando-a como nunca amei antes. Nada vai me afastar de você. Podemos nos casar em cartório, se você quiser.

- De jeito nenhum. Nem fiz trinta anos ainda. Sou muito criança para isso, falou com ironia. - Está bom assim, Alejandro. Para que complicar?

- Está certo. Mas quero que saiba que a amo. Não quero perder você. Eu estou feliz ao seu lado. A gente se dá bem juntos.

- Também estou feliz e realizada com você. Voltei para Recife sem saber o que iria encontrar. Não tinha nada planejado demais. Quis deixar o destino tomar conta de mim. A meta era superar o antigo trauma e cumprir a última etapa da terapia. Em quatro meses lhe conheci. Namoramos há oito meses. Trabalho na sua produtora. Dormimos juntos todos os dias. O que posso mais querer? Ser feliz. Deixar as coisas como estão para não mexer e estragar. Vamos deixar o tempo, a sorte e o destino cuidar de nossas vidas em comum.

Alejandro abraçou-a com ternura.

- Você está certa. Vamos curtir a vida adoidados juntos.

- Você hoje está impossível, Alejandro, *mon amour meu bem ma femme.*

Eles se beijam no calçadão da avenida. O vento esvoaça os cabelos e a brisa marinha esfria os corpos unidos no abraço. Eles seguem de mãos dadas para o Mangai. No restaurante regional tem tapioca, queijo coalho, carne de sol, galinha cabidela, bode guisado; farinha de paçoca, a carne seca de charque amassada no pilão misturada à cebola frita; e gororoba, um prato com base na macaxeira bem cozida, queijo coalho, leite de vaca e charque. Há sucos das frutas mangaba, acerola, caju, goiaba, manga, pitanga.

Saciados eles voltam para o *loft*, onde abrem um vinho, fumam um baseado e transam ouvindo música e olhando o mar calmo da orla de Manaíra, uma baía limitada entre os arenitos entre o pontal de Manaíra e Tambaú. Uma única vez eles fizeram o programa turístico de ver o pôr-do-sol no bar do Jacaré ao som do Bolero de Ravel. No domingo, liam os jornais e as revistas semanais. Almoçavam e voltavam à tarde para Recife. João Pessoa é o refúgio onde vivem a utopia do lugar tranquilo.

Cultural

Juliana e Alejandro formam um casal badalado no meio artístico do Recife e nas demais capitais do Nordeste. A imprensa publica fotos e comentários em colunas sociais e cadernos de cultura. Eles mantêm relacionamento amistoso, estreito e profissional com os veículos de comunicação. Pouco se importam com publicações de caráter pessoal. A assessoria de imprensa envia notas e releases sobre os eventos e seleciona o que é publicado nos jornais. Durante a semana eles marcam presença em eventos como vernissages, lançamento de livros e estreia de filmes. No fim de semana trabalham ou viajam para descanso.

Na companhia de Alejandro, Juliana conheceu várias pessoas da cena cultural da cidade como o escritor Jomard Muniz de Britto; os diretores Lírio Ferreira e Paulo Caldas que estrearam o filme 'Baile Perfumado', dando início ao novo ciclo cinematográfico em Pernambuco; o *band leader* da Eddie, Fábio Trummer; o produtor do festival Rec Beat, Antonio Gutierrez. Além de produtor, Alejandro atua como mecenas das artes apoiando com recursos, logística e equipamentos todos os setores da arte. O casal frequenta a Galeria Joana D'Arc, no bairro do Pina, onde são assíduos na Creperia Anjo Solto. Os proprietários Ângela dos Anjos e Sérgio Souto os recebem e os encaminham à mesa. Na Galeria eles encontram amigos como o roteirista Nelsinho Caldas e conversam sobre filmes e livros. Nas sessões de cinema e saraus poéticos que o escritor faz no apartamento dos pais na Avenida Boa Viagem, o casal está sempre presente.

Juliana atua na produção executiva dos espetáculos de dança, teatro e nos shows musicais. Depois da experiência no Grupo FTX, lidando com burocratas e executivos engravatados, o convívio com artistas e produtores do show bizz foi tranquilo. Mesmo com todos os problemas inerentes a qualquer produção, o trabalho se tornou satisfatório no resultado. Juliana assumiu à diretoria executiva de finanças da empresa. Conseguiu aumentar a margem de lucro dos eventos e projetos culturais. Enxugou excessos. Reduziu custos e o tempo de produção dos projetos. Otimizou a área operacional da logística. Aumentou a produtividade geral com pequenos ajustes, como o foco nos colaboradores e nos sistemas de informática. Ela atua na parte executiva e burocrática, enquanto ele cuida da direção artística da produtora Alejandro Produções Artísticas.

Recife é a capital cultural do Nordeste. Atrai artistas de todo o país e do exterior interessados em se apresentar na cidade. A morte do cantor prodígio Chico Science abalou a todos naquele ano. Foi a percepção de que é preciso fazer tudo com brevidade, porque a vida é rápida como um piscar de olhos. "Um segundo e você não está no mesmo lugar" virou slogan da produtora de Alejandro, após o falecimento do artista. Como mecenas e filantropos, eles investiram no cinema pernambucano e em setores ligados à produção cinematográfica. Alugaram um galpão para servir de estúdio da indústria fonográfica na capital. Adquiriram equipamentos importados de boa qualidade para que a música e o cinema fossem produzidos na cidade e exportado para o mundo.

Casados

Alejandro encontrou em Juliana a melhor companhia para a sua vida pessoal e profissional. Ele mudou as atitudes de Don Juan de quando a conheceu. Não se interessou por outras mulheres e se manteve fiel durante o tempo em que estiveram juntos. Ele a convidou para morar em seu apartamento na avenida Boa Viagem. "Não consigo mais me ver sem você", ele disse em mais uma noite romântica na toca do lobo, com os olhos atrás de duas taças de bojos largos e o líquido vermelho e intenso do vinho chileno *El Incidiente*.

Rodolfo é o fantasma que ronda o casal. O rosto sem nome. Aquele de quem não se fala. O amor do passado que nunca mais voltará da aventura sem fim por lugares inóspitos. Dois anos se completaram desde que ele pegou o avião no aeroporto Tom Jobim rumo ao planeta desconhecido. Há seis meses Juliana não recebe notícias dele. Em muito dos lugares aonde ele está não há internet, telefone e o serviço postal é precário. Ela sabe de tudo isso e prefere não pensar. O prazo que ela se deu acabou. Precisa tomar decisões sobre a sua vida. Dar um ponto final no sentimento de esperar alguém. É exasperador. Ela quer se livrar do incômodo tomando a decisão de não querer revê-lo. Tenta se enganar. Sabe que não resistiria ao chamado.

Juliana tem certeza de que ele não está morto. Haveria notícia na revista onde ele trabalha e da qual acompanha as reportagens. Ela vê as fotos, assiste aos documentários na TV à cabo; lê os textos em inglês; a assinatura no alto da página. Em algumas reportagens tem a foto dele ao lado de algum animal selvagem como na Ilha de Komodo, na Indonésia. No autorretrato há um monstro de três metros comendo uma caça. Ela se arrepiou só de ver a foto. Mas também ficou excitada ao vê-lo de bermuda cáqui, botas espessas, camisa branca folgada, chapéu, óculos escuros e os cabelos esvoaçantes.

Se não o conhecesse, olharia a reportagem de aventura e turismo como apenas mais uma entre tantas. Mas era ele. O homem que a fez amar. É diferente de tudo. Não tem como explicar com palavras. É preciso sentir para entender. O sexo com Rodolfo não é melhor do que com Alejandro. É algo que transcende o sexo. Não se explica, porque não tem explicação. O amor não se explica; sente-se. Ela sentiu. Isso a faz esperá-lo, mesmo sem querer. Quer amar Alejandro como ama Rodolfo, mas não consegue. Seria mais fácil. Simples. Diria adeus e pronto. Ficaria no Recife com aquele espanhol maluco, enquanto estivesse amando. A vida é mais complicada do que isso.

Alejandro não a pressiona demais para tomar a decisão. Só de vez em quando insinua casamento. Nada que a exaspere. O sexo entre eles melhora à medida que um conhece o corpo do outro. As sensibilidades, os toques, cheiros, desejos. Realizam fantasias diversas no apartamento e em público. Transaram em coxias de teatro e elevador; na cobertura do prédio onde fica o escritório no Recife Antigo, olhando a praça do Marco Zero e o falo de Brennand sobre o dique de pedras. Dentro do carro, quando o desejo bateu forte.

No escritório acontece sempre quando esticam o expediente noturno e ambos ficam sozinhos. Há um sofá imenso encomendado para este fim. Ela fica de quatro na janela. Ela é penetrada olhando a avenida Alfredo Lisboa. O braço do rio Capibaribe corre por detrás da Praça do Marco Zero. As águas misturam-se ao oceano Atlântico e deságuam na foz do rio Beberibe no Porto do Recife. Eles bebem uísque, fumam um baseado, namoram sem pressa e tudo acaba em sexo selvagem. Ele a segura pelo cabelo. Ela adora. Tem feito sexo anal com frequência. Aos vinte e oito anos ela evoluiu na sexualidade com ajuda de Rodolfo e Fernando. Com Alejandro chegou ao ápice da liberdade sexual. Juliana tem vontade de encontrar Rodolfo nesse estágio em que se encontra para "lhe dar uma surra de boceta" como diz o povo no Recife.

De novo ela pensa nele.

- Chega. Para! Grita irritada com ela mesma por isso.

Volta a pensar em Alejandro. Enfia a mão na calcinha. Está deitada na cama sozinha. O *namorido* desceu para caminhar e correr no calçadão da orla de Boa Viagem. É domingo de manhã. Ela se masturba devagar. Prepara-se para quando ele voltar suado, tomar um banho e voltar para a cama com uma Heineken gelada. São dez horas e o sol está quente como o inferno lá fora. O quarto está frio pelo ar condicionado ligado desde à noite. Ela tira a calcinha, pega o vibrador na gaveta ao lado da cama e liga em velocidade baixa. Alejandro vai adorar encontrá-la assim. Sedenta. *Hummmm...*

Pensa nos fetiches que usa com ele: calcinha de renda, cinta-liga, sapatos altos, chicote, mordaça, olhos vendados, vibradores, vídeos de sexo. Tem de tudo. Vale tudo. É o período de maior atividade sexual. Alejandro é insaciável e não se envergonha dos desejos. Ele a levou à Boate Butterfly para assistir ao show de homens dançando de sunga. Juliana se divertiu apalpando a bunda dos rapazes, botando dinheiro na sunga e dando uma apertada no pau do Tarzan de tanga e folhas verdes por cima. Enquanto assistiam ao show, Alejandro encostou o pênis ereto por detrás e a masturbou sob a minissaia e a calcinha fio dental. Saíram excitados da boate. Transaram no carro de Juliana com bancos de couro e vidros escuros, estacionado num lugar seguro de assalto. Ele meteu e gozou. Rápido como se tivesse ejaculação precoce, mas era tesão. Ela se masturbou e também gozou rápido. Em casa continuaram a foder como coelhos. Ele metia enquanto ela dizia que sentiu na mão o pau duro do dançarino; quer chupar e foder com o Tarzan da boate.

Alejandro fez sexo com Juliana como nenhum outro homem. Ela está mais mulher. Mais segura de sua sexualidade ao conhecer os desejos de seu corpo. Com Alejandro, Juliana experimentou o sexo anal pela segunda vez. Tornou-o frequente. Quase como algo comum que ela pede, quando ela quer. Ele nunca negou o desejo dela. Ela está apaixonada e feliz. Satisfeita com a vida no Recife e a companhia de Alejandro. Mas sabe que não é amor. Ela conheceu o amor e sabe distinguir o sentimento. Por maior que seja a felicidade tem alguém ocupando um lugar na mente que não se apaga. Uma força maior que a razão. Maior que a própria vida.

Preferia que não fosse assim. Faz o possível para não atrapalhar a vida em comum com Alejandro. Mas no silêncio de sua vida secreta, na solidão dos seus pensamentos, a imagem do homem da *ilha de lost* vem à mente. Ela sente saudade; e sentir saudade não resolvida é como morrer aos poucos. Há dois anos ela sente saudade. Juliana entende que este sentimento é a prova de que não o esqueceu. Ela briga contra isso, mas sempre perde a luta. Porque é a batalha que precisa ser vencida ao encontrá-lo. Ao ficar de frente para ele, saberá se ainda ama ou se enganou como num amor de verão carioca.

Ménage

O namoro com Alejandro a afastou de Fabiana que não está enciumada, mas sente falta da amiga. O sexo entre elas não mais aconteceu, nem aconteceria sem Alejandro. Fabiana o conheceu no primeiro mês de namoro, quando Juliana falou para a amiga que ia dar um tempo de transar com ela. Elas se falam por telefone e se encontram em eventos com amigos. Fabiana compreendeu, mas depois de seis meses sugeriu de se verem como antes. Juliana fez o convite para um *ménage à tróis*. Fabiana aceitou. A partir do primeiro sexo a três houve vários outros. O *ménage* serviu para aquecer a relação. Juliana não tem ciúme de Fabiana. Está segura de suas armas, do seu poder de sedução e do amor de Alejandro. Ele não a trocaria por Fabiana; se o fizesse, a perderia. A amiga íntima dela virou íntima de ambos. A entrada de Fabiana na relação foi como vento na fogueira. O desejo tornou-se mais intenso. Alejandro gosta de ser *voyeur* e as duas voltaram a se amar. Agora com um espectador qualificado. Sedutor e bem-vindo. Ele tem relações com Fabiana na frente de Juliana que gosta de ver a amiga ser penetrada pelo *namorido*. Da mesma forma ele gosta de ver a mulher ser possuída pela amiga. Fabiana entrou na relação como animadora de casais, o termo inventado por ela como brincadeira. Ela pouco se importou de fazer o papel de terceira pessoa da relação. Não era a primeira, nem seria a última vez. É apaixonada por Juliana. Dividi-la com um homem como Alejandro não é problema.

- Quando se tem autoestima, vale tudo no sexo. Seria tolice perdermos isso, disse Alejandro numa conversa a sós com Juliana.

O casal está sozinho à noite no apartamento. Deitados no sofá gigante da varanda. Eles veem a orla de Boa Viagem. A calçada separada da avenida por uma ciclovia. A multidão caminha de um lado a outro como nuvem branca que não sabe aonde vai. As placas de alerta sobre os tubarões estão à vista de todos. Na areia há grupos se exercitando sob a iluminação dos refletores: futevôlei, futebol, alongamento, equilíbrio numa corda amarrada entre dois coqueiros. É como um playground gratuito. É só querer e fazer. Para Alejandro e Juliana essa noite é de repouso. A noite anterior foi de terapia sexual a três. Eles estão fastiados de sexo. A solidão a dois lhes cai tão bem quanto o vinho chileno Alma Viva. Eles o reservaram para beber numa noite como essa. Agradável, sem efeitos especiais.

- É muito louco tudo que está acontecendo, disse Juliana. - Se alguém me dissesse pouco mais de um ano atrás, quando decidi vir para Recife, que eu estaria quase casada com um espanhol dez anos mais velho, louco, lindo e safado; e que eu transaria com ele e com a minha a melhor amiga, eu daria risadas.

Ambos gargalharam.

- Como é bom viver, não? Ele respondeu.

- É. Muito. A vida é um patrimônio inalcançável. Eu adoro viver. Adoro tudo o que aconteceu, o que está acontecendo agora e o que pode ou não acontecer depois.

- Eu sei do que você está falando.

- Sim, ambos sabemos.

Ela lhe deu beijo na boca.

- Cara, eu estou vinte e oito anos. Tenho a sensação de que vivi cinquenta e seis, nesses quase dois anos no Recife. Não é ruim. É vida. Você se arrepende do que não faz. Do que não se permitiu. Do que não pode lembrar, porque não aconteceu. É disso que eu falo. Não é de uma pessoa específica. É e não é. É a questão de se permitir ao risco a se acomodar e não saber como seria. Isso para qualquer coisa.

- Certo. Digamos que esse pensamento esteja ligado a certa pessoa específica, a metonímia aplicada a essa confusão é sobre 'o que você pode viver pelo que você deixa de viver'. Você sabe o que tem e é feliz, mas apega-se ao imaginário da felicidade utópica maior do que qualquer outra.

- Muito filosófico isso, Juliana diz, desaprovando; melancólica, com o olhar vago no cenário cotidiano da orla de Boa Viagem.

Ela desencosta do sofá e do travesseiro sobre as pernas de Rodolfo. Senta para dar um gole no vinho. Respira fundo e fecha os olhos um pouco, antes de reabri-lo. A taça de Alejandro está ao lado e ele também beberica. Ficam em silêncio por um período curto que parece longo. Como se entrassem num terreno perigoso ao qual evitam. Rodolfo pega a palavra.

- Mas se ficar saberá como foi, porque ficou para viver. Se é bom, para que interromper? Se ficar ruim, o que eu duvido, conserta-se. A vida é feita de consertos.

- É mesmo. Consertos e costuras, ela joga com a ironia, levando a conversa para um rumo ameno.

- Bom nome para uma empresa têxtil, diz Rodolfo, tabelando na área do gol.

Ela ri aprovando.

- A gente pode fazer muita coisa juntos, diz Alejandro; sério, olhando-a nos olhos. - Temos todas as condições para manter uma relação sólida, madura e estável, sem turbulências. Eu sempre serei um homem bom para você.

- Eu nunca ficaria com você se não fosse um homem bom, ela reage com firmeza e certo incômodo.

- Presunçoso eu, não? Ele refuta para relaxar o clima.

- Ô. Nadinha. A humildade em pessoa.

Ele se desencostou e a abraçou.

- Ju, eu quero que a gente fique sempre assim. Perto um do outro. Nós dois juntos contra o mundo. Com cumplicidade. Amor, amizade. Ternura...

- ... e sexo. Muito sexo, ela responde com cara de menina travessa.

- Sempre, Rodolfo assente.

- Estou morta de sono. Que horas agora?

- Passa das dez. Vamos desligar tudo, ligar o ar no quarto bem escurinho e dormir sem pensar no amanhã.

- *Ahora, mi amor!*

Sinais

Apesar da cumplicidade com Alejandro, Juliana não recusaria o chamado de Rodolfo. Ela precisa revê-lo para confirmar o que sentiu. Para ter certeza e decidir sobre qual destino terá sua vida. Não o ver de novo é manter uma dúvida permanente. Duas semanas após a conversa com Alejandro, ela recebeu de Rodolfo uma foto de algum lugar lindo, outro paraíso secreto, com o trecho da letra de uma música escrita atrás:

Meu amor eu não esqueço, não se esqueça, por favor. Eu voltarei depressa tão logo a noite acabe tão logo esse tempo passe para beijar você.

Ela ama essa música. *Para um amor no Recife*, de Paulinho da Viola. Eles a ouviam juntos no quarto do hotel, em Ipanema, na versão jazzística cantada por Marina. Ele viu o clipe da cantora na MTV da música. A versão é a preferida de ambos. Rodolfonão conhecia a versão original. Gostou mais da releitura em pop-jazz do que o samba bem tocado de Paulinho. Eles têm gostos parecidos. "É a tradução perfeita da canção. A versão elegante, charmosa, universal". Ela concordou. Como não? Foi exatamente o que ela pensou a primeira vez que ouviu a versão da sua vizinha artista de Ipanema.

As explicações de Rodolfo sobre a letra escrita no verso da foto vieram por e-mail: "É bonito o clipe com a presença do sambista. Que generosidade. Essa música faz parte da trilha sonora por toda a viagem. A ouvi muitas vezes. O trabalho está perto do fim. Estou voltando. Beijos, seu amor". Quando Juliana recebeu o e-mail e a carta, ela preferiu contar a Alejandro. Não é mulher de esconder nada. Não é criminosa. Nem gosta de mentiras e fugas. Prefere enfrentar as crises do que empurrá-las à frente.

- Juliana, este homem é o seu passado. É parte da sua história de vida, mas é só um cara. Um ex-namorado que foi embora. A ruptura fez você obcecar nele. Idolatrá-lo além do merecido. Talvez se ele não tivesse ido embora, vocês já tivessem terminado.

- Você não pode dizer isso, Alejandro. Não pode ser leviano a esse ponto.

- Okay, desculpe. Me excedi. Olha, vamos superar isso. Não há razão para você me deixar. Não pode fazer isso comigo. Com a gente. Abandonar o que construímos nessa relação saudável que temos de amor, amizade, companheirismo, cumplicidade. Essa é a vida real. O seu presente e o seu futuro. Não se pode ficar preso ao passado.

- Não é tão passado, continua presente. Não percebe? É difícil para mim também. Não é só por você. É por mim.

- Eu não vou deixar que esse cara a leve de mim. Ele não existe. É um fantasma. Eu sou a vida real. Estou ao seu lado. Nós somos felizes. Eu farei de tudo para impedir que um dia isso aconteça.

Alejandro falou com mais energia do que o normal. Um tom de voz levemente alterado e sonoro. A postura quase agressiva de quem vai cometer uma ilegalidade. Uma rudeza incomum no comportamento.

- Não há como impedir o destino se ele tiver de acontecer, Juliana respondeu com frieza e rispidez.

Levantou-se da cadeira em frente a ele e saiu da cozinha, onde conversavam tomando café. Ele continuou sentado, deixando-a só com os pensamentos e conflitos. Alejandro se levantou minutos depois. Pegou as duas xícaras e as lavou na pia. A mente em turbilhão na busca de solução para aquele único problema na vida em comum com ela. Ele saiu da cozinha e encontrou-a na sala, olhando o mar. Estava com um baseado, sentada numa poltrona single. Não olhou para ele.

- Juliana, peço que me desculpe. Me excedi na cozinha. Isso não vai ocorrer novamente.

- Nunca mais fale comigo naquele tom. Eu saio desse apartamento e da sua vida, ela falou com o olhar fixo no horizonte.

- Não vai acontecer. É uma promessa e vou cumpri-la.

Conflito

Juliana se preocupou com a reação de Alejandro. É a primeira vez que o vê nervoso. Mesmo nos maiores estresses no trabalho de produção com datas, compromissos, agendas, artistas, egos, drogas, sexo, segurança e outros itens, ele mantém a calma. A possibilidade de deixá-lo é real. Pelo menos por um tempo. Ela não vai dizer não à oportunidade de olhar e saber. Ela só não o fará se Rodolfo demorar mais do que o seu coração canse de esperar. Alejandro não aceita esta realidade. Ela se deu o prazo de dois anos para deixar de pensar em Rodolfo e não mais querer vê-lo. O prazo cronológico passou, mas o relógio do sentimento continua se movendo. Continua esperando à revelia. Por mais que a mente queira, o coração padece. É a maior força do universo. Não se controla. Lida-se. Tenta-se lidar com o amor. É difícil, quase impossível.

- Eu estou sendo sincera com você como sou comigo. Gosto de você Alejandro, mas não deixaria de atender ao chamado dele. É importante vê-lo novamente. Preciso olhar nos olhos para entender o que senti. Eu vou precisar que isso aconteça. Lamento. Se achar melhor podemos nos separar agora.

Eles agora conversam na sala com a vista do mar ao fundo. Ela continua na poltrona de pernas cruzadas, olhando para o infinito. Ele se senta no sofá oval para oito pessoas. As pernas apoiadas no chão e os antebraços sobre os joelhos.

- Não, por favor. Não vamos brigar por coisas que não aconteceram. Que podem, espero, nunca acontecer. Quando ou se houver um dia esse risco, conversaremos. Só acho que você não pode pautar sua vida numa espera eterna. É preciso dar limite e seguir adiante.

- Estou fazendo isso. Estou aqui com você. Sendo toda sua. A sua mulher. Dando-me inteira para você; corpo, alma e tempo. Esse fato do meu passado não interfere em nossa vida cotidiana. Estou falando agora, porque esse e-mail foi uma mensagem. Não quero pegá-lo de surpresa se eu tiver de ir para esse encontro. Revê-lo será como voltar ao Recife para tocar no muro do lugar onde morei. Ver o meu pai e a minha mãe atravessar a rua comigo. Voltar ao lugar onde tudo começou e acabou para mim.

- Esse homem não pode ter a importância que os seus pais têm. É abjeto pensar assim.

Juliana balança a cabeça aborrecida com o argumento. Aquela conversa é cansativa e desgastante. Ela abandona o baseado o cinzeiro ao lado da poltrona. Ele faz menção de pegá-lo, mas desiste.

- Detesto quando você tenta ser burro, agindo com o emocional. Racionalize Alejandro. Não derrube a conversa a níveis que não quero chegar.

Ele se desculpou. Admitiu a incapacidade de lidar com o fato.

- Eu amo você demais. Eu nunca senti tanto amor quanto sinto por você. Tanta certeza do que quero em relação a uma mulher quanto tenho por você. Perdi a razão. Admito. Perdi o chão. Não sei como lidar com a sua obsessão.

- Não é obsessão. Não sei o que é. Sei o que foi. Por isso preciso ver para entender. Você já pensou que pode não ser nada? Posso olhar, dizer: Oi? Você está bem? Tchau! E voltar para você. Saudosa. Louca para dar e foder até assar. Porra!

- Okay, Okay. Vamos parar por aqui. Isso não vai se legal.

- Oh, sério? Você está me tirando do eixo com essas adjetivações de quem sabe o que eu sinto. Você não mora dentro de mim. Você entra em mim pelos buracos, porque eu quero, gosto e deixo. Mas a minha mente é bloqueada às invasões. Nunca me diga o que sinto, porque quem sabe do meu sentimento sou eu. O turbilhão que vive em mim não é divisível.

- Eu sei, me desculpe. Estou péssimo. Preciso de um uísque e um baseado. Urgente.

- Dois, por favor.

Ele a serve com uma dose dupla de Chivas Regal doze anos. Brindam. Ele acende o baseado e roda para ela. Ela diz que não quer, mas brinda com ele. O cigarrinho da paz acalma Alejandro. Ele o fuma até virar uma *ponta*, deixada para morrer no cinzeiro do aparador de vidro colado à poltrona. Os dois ficam calados olhando o mar. A brisa da temporada abril-outono no Recife esfria o ambiente. Ela olha para ele. Ele devolve o olhar. Ela chega perto. Ele a abraça. Ela se aninha e se cobre com a manta grossa sobre o sofá.

- Eu sou feliz de tê-lo encontrado. Isso me divide ainda mais. Talvez se não fosse tão bom e forte com você, seria mais simples para mim. Eu amo você, Alejandro. Pode estar certo disso. É um momento especial na minha vida. Sou grata ao destino e à sorte por tê-lo encontrado.

- Vamos seguir nossa vida sem falar mais nisso. É desgastante.

- Sim, vamos sim. É o melhor a fazer.

Ele a beija e a abraça. Desce a mão pelas costas. Ela geme. Deitam-se para fazer amor. Por debaixo da manta, ela tira o short, ele a calça jeans. Rodolfo a penetra devagar; metendo sem pressa, os corpos colados se contorcem sob o tecido espesso. Beijam-se como amantes irreversíveis. O ritmo aumenta dos corpos aumenta, enquanto os beijos tornam-se sôfregos. Seguem até a explosão final. Relaxam no sofá, depois do gozo inevitável; deitados, olhando-se e permitindo aceitar o amor diante deles.

Alejandro está amando. Preso ao sentimento, ao corpo, à companhia e ao sexo de Juliana. Ele se rende a ela. Sente-se ameaçado por um homem do passado. Não quer sofrer como sofreu na Espanha. Lá a culpa foi dele. Agora tenta fazer o certo para não repetir o erro. No desespero pensa num plano para matar Rodolfo. Enquanto ele estiver longe pode sofrer um acidente.

Daria trabalho localizá-lo e enviar alguém para executar o plano. Acha a ideia louca demais. Ele nunca faria algo do gênero. Não é o seu estilo. Nunca foi violento, nem o seria agora. Não faz parte do seu caráter, de sua índole. Alejandro ri sozinho do próprio desvario. Se Juliana descobrisse o odiaria pelo resto da vida. Cometer crime de amor é raso e obscuro. É cinematográfico e irreal. Várias ideias malucas e fórmulas mágicas passam pela cabeça para evitar a volta de Rodolfo. Está num jogo arriscado. Pode sair ferido. Alejandro perde noites de sono remoendo a possibilidade de Juliana deixá-lo pelo fantasma que os ronda, como a lembrança de um morto que ressuscita.

Recife Antigo

É manhã de outono no Recife. O mês de maio está carregado de nuvens brancas sob o céu azul de sol fraco. A temperatura está agradável como deveria ser o ano inteiro no Nordeste. Juliana adora a região, mas o calor a incomoda no verão. Ela prefere o meio do ano, quando a temperatura ameniza e se torna suportável. O vento parado deixa sem correnteza as águas escuras do Rio Capibaribe por debaixo das pontes. Da janela do escritório no Recife Antigo, a mulher observa o mar estático e espelhado por detrás da Praça do Marco Zero. As ondas quebram ao longe em espumas alvas como nuvens. "É tão lindo o Capibaribe. Pena que as águas estejam poluídas", ela pensa; reflexiva, sentada e relaxada na poltrona de frente à janela de quatro folhas de vidros grandes com vista para a avenida Alfredo Lisboa.

Juliana está serena nesta manhã. Adora os meses de abril e maio, os mais bonitos da temporada outono-inverno em Pernambuco. O mar liso e o sol ameno se juntam ao céu de um azul nítido. As gaivotas pousam nas esculturas do Parque Francisco Brennand sobre o dique com o membro fálico de veias e asas apontando para o alto. Os pombos beliscam migalhas sobre os desenhos de Cícero Dias, na Praça do Marco Zero. O espaço árido, sem verde, abrigou no passado recente uma praça bucólica com bancos e árvores na beira do rio. Uma intervenção urbana despropositada e tola. É provável que o artista não admitisse a derrubada de árvores que davam sombra numa praça bucólica para expor a sua obra ao sol e à chuva.

Juliana não suporta políticos que derrubam árvores para substituir por concreto, mesmo uma obra de arte importante como aquela. Nem as obras em cerâmica deviam estar no Parque de Esculturas, ao esmo sob o ataque de vândalos, das intempéries e do açoite das ondas. É tanto erro por falta de planejamento, ciência e visão de futuro. A gestão pública no Brasil lhe angustia. Os gestores públicos repetem erros para gastar consertando-os depois. *"Por que não pensam fora da caixa"?* Levanta-se para beber uma água. Alejandro está numa reunião externa e só retorna no final da tarde.

Juliana se deixa levar pelos pensamentos acompanhando o vai e vem infinito do tráfego. A abordagem dos guardadores de carros que privatizam as ruas do bairro e aterrorizam a cidade sem serem incomodados pelos agentes públicos de segurança. Ela está de pé em frente à janela larga e envidraçada. Veste calça jeans apertada delineando as curvas do corpo jovem e perfeito; blusa preta masculina de mangas compridas por fora da calça e um blazer claro. Ela observa o movimento frenético das pessoas na Avenida Marquês de Olinda com prédios históricos malconservados. Ela gosta tem afeto por essa ilha unida ao continente pelas pontes Maurício de Nassau, Giratória e Princesa Isabel sobre o rio Capibaribe.

O escritório da produtora de Alejandro ocupa todo o quinto andar de um prédio comercial secular com vista para três pontos do bairro: a praça do Marco Zero à beira do braço de mar que se mistura às águas do Capibaribe, vindas da Bacia do Pina, e se juntam ao Beberibe para desaguar na foz do Porto do Recife; a avenida Alfredo Lisboa que circunda a praça; e o terceiro ponto, a avenida lateral Marquês de Olinda que liga a ilha ao continente. Há mais de um ano essa paisagem é parte da rotina de Juliana, junto com o amor, o sexo e a companhia de Alejandro. Ela não acha nada ruim. Gosta de tudo. É perfeito demais para a cidade onde por dez anos ela temeu voltar.

Sua voz ao telefone

Juliana sente por intuição, dessas que só as mulheres têm, que este será um dia especial. Desde que acordou, mesmo quando fez amor com Alejandro nesta manhã, algo lhe incomodava. Não há nada de errado, mas sente-se estranha. Está reflexiva. Não quis acompanhá-lo num almoço de negócios com artistas interessantes, agentes espertos e produtores vivaldinos. Está sem cabeça para lidar com pessoas, por mais agradáveis que sejam. Por isso veio para a sala onde não é incomodada. Avisou à secretária Neide que não passasse as ligações do fixo, a não ser seus familiares e mais alguns nomes que ela precisa atender. São onze horas da manhã de uma quinta-feira. Juliana transou com Alejandro quando acordaram. Ela fez um café forte para ambos e se deixaram ficar na cama. Ele iria direto para a reunião. Ela para o escritório, onde se encontrariam à tarde. Não há grandes compromissos. Ela fez sexo anal até ele gozar dentro. Depois ela gozou na língua e nos dedos dele.

Lembra-se do ato, enquanto olha o movimento do mundo debaixo da vidraça do escritório. Está vivendo um relacionamento estável. Eles não brigam. Não há ciúmes tolos, nem cobranças indevidas. Pode-se viver décadas assim. Ele a completa sexualmente. Não lhe deixa faltar conforto e segurança. Ela ganha bem na produtora e tem uma fortuna de herança, mas quase não gasta nas despesas de casa. Pensa o quanto é feliz e tem sorte. Nada para reclamar, pedir ou desejar que não seja realizado. O destino cuida dela. Ela foi feliz no Rio de Janeiro; está feliz no Recife. *Com alguns homens foi feliz com outros foi mulher.* Adora Caetano. Ele é o vizinho que ela se acostumou a ver em Ipanema e Leblon. Ela fantasiava ser a tigresa do músico. Cantava a canção ao vê-lo. Algumas vezes ele acenou e sorriu.

Juliana tem dinheiro. Nem precisa tanto. Tem os avós. O amigo Fernando. Tia Helena. Sempre poderá contar com eles. A amiga amante Fabiana. O marido Alejandro, o homem charmoso que o destino colocou em seu caminho e que lhe deu o melhor sexo. E tem um amor por aí. Fotografando animais, cenários e pessoas em algum lugar perigoso do Planeta. O celular toca. Uma, duas, três vezes. Absorta em pensamentos, ela toma um susto. Deixa-o tocar. Quatro vezes. O coração palpita. Há algo nesta chamada. Não sabe explicar. Intuição de mulher. Olha o visor. Rio de Janeiro, mas não reconhece o número. Atende. Do outro lado a voz. O sotaque inconfundível.

- Juliana? É você?

Os segundos de silêncio demoram a passar. O coração acelera. Ouve o sino da Igreja do Salesiano implacável em sua rotina diária de contar as horas à revelia da cidade. As buzinas tocam abafadas cada vez que o semáforo abre. O carro detrás na fila não espera meio segundo para o carro da frente se movimentar. As vozes dos ambulantes soam ao longe. Tudo está normal lá fora. O mundo não parou. A vida continua a mesma, só a dela foi empurrada ao abismo. O receio esperado aconteceu. Juliana respira fundo. Toma ar antes de responder.

- Sim Rodolfo. Sou eu. Você está no Rio?

- Cheguei hoje de madrugada. Procurei Fernando para pegar o seu número do Recife.

- Como você está, Rodolfo? Sobreviveu à selva? Ao oceano Índico? Às feras e aos tubarões? Pegou malária? Foi picado por escorpiões e cobras?

Ironia. Ele percebeu. Ela está zangada. Têm motivos. Os dois anos de ausência viraram quase três. É muito tempo. Para qualquer pessoa. Qual opção ele teria senão voltar e tentar?

- Sobrevivi a tudo por você. Cumpri a missão para voltar e vê-la novamente. Durou mais tempo do que o previsto, porque houve incidentes... acidentes, doenças e até a morte de um companheiro de viagem. Um profissional... enfim, não quero falar disso. Sim, peguei malária na Indonésia, infecção no pé em Java e uma virose violenta na Ilha de Bornéu. Fui prisioneiro de uma tribo em Papua-Nova Guiné, entre outras coisinhas. Mas nada disso tem importância agora. A minha obrigação era cumprir o contrato. A missão voltar para você. Posso ir ao Recife? Garanto que é uma viagem segura.

Ele brincou, tentando quebrar o clima beligerante. Ela continuou calada. Juliana absorvia cada palavra, enquanto o olho lacrimejava. Ela não conseguia falar.

- Juliana, estou com muita saudade. Desculpe se não pude cumprir a promessa de voltar em dois anos. Não foi possível. Eu estava no meio do projeto. Não podia abandoná-lo.

Ela se recompôs.

- Quanto tempo tem para mim, Rodolfo? Quanto tempo até a próxima viagem?

Ele percebeu na voz embargada que ela chorava. Preferiu não dizer nada sobre isso.

- Não há mais viagens. Nenhuma como essa última. É o meu acordo com o grupo que representa a revista. Tivemos uma boa reunião na Alemanha. Eles compreenderam e ofereceram a Diretoria Executiva de Imagem em Paris. Está tudo acertado. Não há mais viagens. Apenas reuniões burocráticas de trabalho em hotéis de luxo com roupas elegantes. Vou mudar de vida. Falei que vou casar com uma brasileira. Ficaram curiosos. Não quero mais ir aonde não possa levá-la ou ficar longe de você. Gosto de aventuras, mas isso acabou. Não quero mais. Eu a amo. Cumpri a última aventura profissional. Foi difícil ficar tanto tempo sem vê-la. Não quero perder você. Quero lhe dizer isso pessoalmente. Diga-me, o que faço para vê-la?

Ela demora a responder. Coração e mente se digladiam. As fadinhas mazinha e boazinha se estapeiam entre o *sim* e o *não*. Emoção e razão. Racional e emocional. Ela fala sem pensar. Anula o cérebro e age. Faz o que tem de ser feito, porque não há chance de ser evitado. O arrependimento é eterno, quando não se tenta; ao não se permitir como teria sido. Mesmo que apenas um olhar e um adeus.

- Vou ao Rio de Janeiro encontrá-lo. É a melhor solução. Você está no mesmo hotel?

- Sim. Posso esperá-la quando?

- Embarco hoje. Ligo quando estiver aí.

- Juliana, eu a amo. Só por você eu voltei.

- Também senti a sua falta Rodolfo. Mas muita coisa aconteceu nesse tempo em que você esteve longe. Não posso garantir que vamos voltar a ser um casal. Nem se estou disposta a ficar com você outra vez. Não sei se ainda quero, entende? Vamos deixar em aberto. Vou vê-lo só para ter certeza dos meus sentimentos. Apenas por isso...

Ela tem a sensação de mentir para si mesma e para ele.

- Vou esperá-la ansioso.

- Também estou ansiosa, mas insegura. É bom falar com você, que finalmente vou resolver essa situação, mas não tenho certeza de nada. Quero que compreenda que pode não rolar nada. Posso não estar mais a fim. Isso precisa ser bem esclarecido agora entre a gente para não criarmos expectativas que não se cumpram. Vamos conversar ... como amigos.

- Faremos do seu jeito. Não estou em condições de exigir nada além do que você queira e possa dar. Nos vermos já é um passo importante para o reencontro.

- Engraçado. Falei sobre você dia desses com ...

Ela para antes de dizer o nome de Alejandro. Se recompõe e continua.

- ... hoje estava com o pressentimento de que algo ia acontecer. Estou sozinha no escritório e desde cedo me sinto estranha.

- O amor é a maior força do universo. Aprendi nessa viagem. Vi animais ferozes, enfrentei oceanos revoltos e tribos hostis, mas nada me assombrava mais do que perdê-la. Todo tempo pensava que perdê-la seria o maior dos desastres. Venha para mim. Vamos deixar o amor tomar conta de nossas vidas.

Ela respirou fundo e deixou cair a lágrima contida.

- Certo. Vamos parar por aqui, porque tenho que providenciar passagem e me organizar para este imprevisto.

- Um grande beijo com muita saudade.

Ela não respondeu, nem esperou ele desligar o telefone.

Sorte

Rodolfo voltou ao Brasil sem avisar. Depois de dois anos e oito meses distante preferiu a surpresa de arriscar do que o alerta da chegada. Pode ser uma tentativa inútil. Ele sabe. É tempo demais para quem ficou e quase nada para quem partiu. Ele viveu tantos momentos especiais e únicos que o tempo demorou a passar. A sensação é de estar distante há dez anos. Por mais que tenha gostado de tudo o que viveu, teve os momentos de fraqueza. De desistir e abandonar o projeto. O lado racional falou mais alto do que a emoção momentânea. Não apenas por Juliana, mas ele mesmo percebeu a loucura da empreitada. Poderia ter morrido sem finalizar o trabalho.

Agora, ele volta ao Brasil para resgatar o amor de um passado recente. Se ela ainda o quiser. Ele a quer. Nunca desistiu. Na viagem conheceu mulheres interessantes. Holandesas, americanas, francesas, italianas, japonesas, chinesas, tailandesas. Sexo é fisiológico. Pode-se viver sem amor. Não sem sexo. Ele sabe que ela tem vida sexual como ele também a teve. Imagina que ela possa ter algum relacionamento amoroso no Recife. Nada disso importa. É um novo momento para ambos. Resgatar o que viveram e foi interrompido. Dessa vez sem atropelos. Definitivo. Casamento e morar juntos no exterior. Ser uma família. Essa é a proposta que ele traz para dizer pessoalmente. Quem sabe ter filhos. Eles nunca falaram sobre esse assunto. Tudo isso só vai se concretizar se tiver a sorte de ela o aceitar. Se o destino quiser uni-los à mesma cama, no mesmo lar.

Ele quer ter uma vida doméstica com Juliana em Paris. Ir ao trabalho, sair para jantar, fazer amor e dormir. Simples, sem complicações. Viajar para hotéis de luxo em montanhas e balneários. Nada de riscos, nem animais ferozes. Sem tribos hostis ou doenças tropicais. Trabalhar em escritório com ar condicionado, cafezinho, secretária, reuniões, eventos sociais, sorrisos, roupas elegantes. A maturidade chega com o amor. O amor atrai o homem para o repouso do corpo e da mente. Ficar quieto com a mulher amada. Nada é tão importante para ele quanto esse resgate. Nos quase três anos que passou longe, jamais deixou de pensar em voltar para ela. Continuou amando-a sem perder a esperança de tê-la ao lado e de recuperar o tempo distante. Tão perto e tão longe de seu coração selvagem. A ansiedade de esperá-la é grande demais. Vai esperá-la no aeroporto.

Juliana vai ao banheiro enxugar as lágrimas e lavar o rosto. Bochechas, nariz e olhos estão vermelhos. Ela se olha no espelho e o olhar é de desespero. Ela vai enfrentar o que a fez esperar todo esse tempo. "A maior força do universo".

- De onde ele tirou isso? Ela se pergunta encarando a imagem embaçada no espelho pelas lágrimas.

Enfrentar o sentimento adormecido, nunca esquecido. Lidar com os conflitos internos. Os gatilhos psicológicos que ela tenta evitar.

- Porra. Merda. Por que não me apaixonei por Alejandro como deveria ser? Bem forte a ponto de esquecer o outro? Não se manda no coração, sua idiota romântica.

Juliana respira fundo. Recompõe-se e sai do banheiro. Põe colírio e busca uma dose de uísque J&B na estante. Derrama dois dedos do líquido perfumado e toma de um gole que esquenta o corpo e a alma.

- Como sonhei com este momento, diz para si mesma, em pé na janela de vidros largos, olhando a paisagem que agora parece diferente de meia hora atrás.

A cidade se tornou nebulosa sob os olhos umedecidos. Cai uma chuva fina, mas faz sol. O som dos pingos na janela aumenta a sensação de abandono. Ela soluça. Enxuga os olhos com lenços de papel. Respira profundo. Põe o copo na mesa de madeira coberta por vidro transparente. Alonga os braços. Fecha os olhos. Anda pela sala. Para em frente à janela de vidro outra vez.

- Que situação difícil. Isso vai ser desgastante, diz, ainda com uma lágrima solitária chegando salgada à boca. Ela a suga com a língua.

Juliana pensa em todo o processo de contar. Separar. Mudar de vida. Olhar para a frente sem olhar para trás. Deixar Recife onde tem sido feliz. Ela se fez de durona para Rodolfo, mas sabe o que vai acontecer. Ela vai dar para ele. Vai transar, porque está louca para fazer isso com ele. Tudo aquilo que ela sentiu vai voltar com a força de um furacão. As promessas de amor dele só vão confirmar ainda mais o que ela sente. Só vão fazê-la ceder ao amor, esse desgraçado sentimento que tira a pessoa da racionalidade. Ela pesa a decisão de abandonar a estabilidade atual com um homem que lhe dá o melhor sexo e faz todos os seus gostos. Deixar a cidade que adora, apesar dos problemas sociais.

Como será mudar para Europa com o homem que ama, mas que não vê há quase três anos? Que passou seis meses morando num hotel do Rio, quando ela tinha vinte e cinco anos e morava com os avós. Não fazia sexo anal, nem transava com mulheres. Em dois anos ela completa trinta anos. Será uma balzaquiana madura e experiente. Ela não quer ter filhos. E se ele quiser? Nunca conversaram sobre o assunto. Há uma folha em branco a ser escrita. Uma lona em tecido de algodão a ser pintada. Quais as tintas e palavras que irá compor essa obra de arte? Preferia que nada disso fosse real. Está numa situação estável. Ela pode deixar Rodolfo no passado como um sonho bom que viveu e acabou. Lembraria dele do jeito que foi sem manchar a imagem. Seria romântico manter o amor impossível. Mas ela é uma mulher adulta...

- Balzaquiana gata, ela diz, embaçando a janela com o ar quente.

Ela passa a mão sobre o embaçado. Essa é a vida real. Rodolfo existe e ela não falou com um fantasma trinta minutos atrás. É um homem em carne e osso. A boca que ela beijou, o pau que ela sentou e quer mais. Não é mulher de fugir de compromissos, nem desafios. Não vai se esconder do destino e da sorte. No íntimo ela sabe que se acomodou na relação com Alejandro; e, não fosse Rodolfo existir, ficaria com ele até o desgaste da convivência. Se houvesse. Acabaria por Alejandro lhe dar liberdade para transar com outro homem, caso o sexo se tornasse monótono. Para mantê-la perto, ele concordaria fazer sexo a três com outro cara e grupal com Fabiana. Já conversaram sobre o assunto. Direitos iguais. Ela não quis. Ela tem o domínio. Ele realiza qualquer vontade para não a perder. Sempre vai tê-lo. Essa sensação a conforta. Mas é hora de partir. De enfrentar o destino.

Como será reencontrar Rodolfo tanto tempo depois? E se o vir e perceber que não o ama a ponto de mudar sua vida? Antevê uma conversa difícil com Alejandro. Haverá tempestades e vendavais com aquele sangue brasileiro envelhecido como vinho espanhol. São muitas dúvidas e só serão resolvidas vivenciando-as. Precisa ser prática. Pede à secretária Neide que providencie uma passagem sem escala, de primeira classe, no primeiro voo para o Rio de Janeiro. Ela tenta se acalmar. Acende um baseado e põe outra dose de J&B, dessa vez com duas pedras de gelo. Nunca bebe pela manhã, mas hoje não é um dia qualquer. Relaxa na poltrona com os pés sobre uma almofada. Observa pelos vidros da enorme janela a chuva mais forte e sem sol sobre as ruas. O vapor sobe no choque térmico da chuva fria no asfalto quente. É perto de meio-dia. As esculturas de Brennand se escondem como sombras na chuva. Assim como os navios ancorados e a Praça do Marco Zero. Bebe a dose. Deixa o cigarro no cinzeiro. Pega a bolsa e sai apressada para casa. Está eufórica. Não avisará Alejandro sobre a viagem. Deixa um bilhete sobre a mesa do escritório:

Querido, precisei ir ao Rio. Volto em dois ou três dias. Não se preocupe. Fique tranquilo. Estarei bem. Juliana. PS. Não ligue, por favor. Não vou atender. Obrigado. Beijo.

Destino

Quando Juliana desembarcou no aeroporto Tom Jobim, Rodolfo a esperava. Ele se informou sobre os voos vindos do Recife e fez plantão. Ela não esperava, mas não deveria estar surpresa. Antes de sair da área de desembarque, o avistou em pé. *"E no meio de tanta gente eu encontrei você. Entre tanta gente chata, sem nenhuma graça, você veio... Por isso não vá embora. Por isso não me deixe nunca nunca mais"*. A música de Marisa Monte lhe chega à mente junto com o disparo do coração e a tremedeira nas pernas. Abalada ao vê-lo após tanto tempo. É o primeiro sinal sobre a decisão a ser tomada. Ele a espera em meio a dezenas de pessoas sem importância. Rodolfo poderia ser apenas mais um na multidão de rostos sem nome. Ela poderia olhá-lo e dizer "Oi cara, foi legal, mas passou". "Olha, foi o que tinha de ser". "Pois é, estou em outros ares". "Não, não quero voltar ao passado". Há uma série de frases para não entrar na armadilha. Nenhuma delas suficiente para impedi-la de continuar caminhando em direção a ele. Ela o encara e pensa o quanto deseja beijá-lo.

- Não aguentei esperar a sua ligação no hotel. Comecei a ter claustrofobia. Preferi vir esperar aqui, diz Rodolfo com um sotaque ainda pior do que antes. Ao deixar o Brasil após seis meses, ele falava o português quase sem muitos erros. Ele perdeu quase tudo em três anos.

Eles se olham por algum tempo. Como fazem os felinos se reconhecendo. Rodolfo está mais magro, musculoso e corado. O cabelo mais comprido, assim como as costeletas e um pequeno cavanhaque. Está mais despojado com tênis, jeans e camisa branca. Está mais bonito; másculo, forte, rude. Tem agora trinta e dois anos. Aprendeu muita coisa nesse tempo. Ela está excitada. A sensação vem de baixo. As entranhas começam a se mexer. É nítida a influência do tempo que passou navegando e viajando pelas ilhas. Está com o olhar firme e uma segurança assustadora; duro, selvagem. Ela sente o efeito desse olhar entre as coxas.

- Acho que Hemingway voltava assim após os safáris na África.

- É a vida em estado bruto, Juliana. Os meus olhos viram coisas que poucos ocidentais terão a chance de ver. Isso muda a pessoa. Eu mudei em vários aspectos. Não só pela viagem, mas pelo que a sua ausência foi capaz de me ensinar. Foi difícil não ficar ansioso para voltar. Mas eu não podia ter pressa. Não ia funcionar. O tempo que a vida corre nesses lugares é diferente do tempo urbano das grandes cidades. Sem internet, equipamentos eletrônicos, celular, automóvel, consumo. Tanta coisa sem importância para quem caça e pesca a comida diária na natureza. Só queria fazer o melhor trabalho da minha vida e voltar para você. A melhor parte de mim ficou no Brasil. Em você.

O batimento cardíaco vai matá-la se ela não fizer nada. Rodolfo a olha além do corpo e da alma. Ela se joga nele e o beija. Cola o corpo no dele num abraço apertado de segurança. Eles sufocam a saudade em línguas entrelaçadas. Foram apenas alguns minutos para saber que o ama mais do que qualquer outro homem. As dúvidas se dissipam. Se ela virar as costas para esse amor e voltar para Alejandro será um desastre. Não conseguirá manter a relação, porque a partir desse momento Alejandro deixou de ser único como amante. É pouco para o muito que ela quer do amor, este sentimento desejado. Ela o descobriu nesse homem. Não vai desperdiçá-lo. Se voltar para Alejandro, a sombra que sempre houve entre eles será mais do que um fantasma. Será um incômodo real. Ela não suportaria conviver com a realidade de ter sido frágil na escolha.

Eles foram para o Sofitel Ipanema onde Rodolfo está hospedado. Ela lhe conta da vida no Recife e de como gosta de morar da cidade. Das pessoas e dos lugares que conheceu. Ela gostaria de levá-lo para conhecer as praias do Nordeste e a ilha de Fernando de Noronha. Conta-lhe do trabalho nas empresas de Fernando e o quanto isto a ajudou a superar sua ausência. Por fim, conta da vida em comum com Alejandro. Sem mentiras, nem maquiagem; omitindo apenas detalhes da intimidade dos corpos e dos sentimentos.

- Não importa o que está acontecendo entre você e ele. É superável. Vai ser passado. Eu vim para lhe pedir em casamento. Levá-la comigo para uma nova vida. Nós dois juntos como homem e mulher. Casal. O senhor e a senhora Becker. O que aconteceu com a gente foi especial. Superamos a ausência sem esquecermos um do outro. O destino nos uniu outra vez. Está nos dando a segunda chance de sermos felizes juntos. Eu lhe prometo que vamos ser felizes na linda Paris.

- Eu tenho certeza disso também, sabia? Eu consigo ver essa nova etapa na minha vida ao seu lado. Quando você ligou, fiquei vacilante. Mas o esperei todo esse tempo. Mesmo com ele e outros homens era sempre você ali; no meio, avisando: vou voltar, me espere. Foi uma tortura. Ainda bem que acabou. Eu tentei lhe esquecer. Não consegui. Vai ser bom sair do Brasil. Viver em outra cultura ao seu lado. Uma vida nova. Estudar e conhecer novos lugares com você. Eu não quero mais perdê-lo, Rodolfo. Eu o amo. Senti a sua falta, mas olhei para frente. Fui viver. Você sabe. Eu sou assim. Não iria ficar sozinha, nem expondo o meu sofrimento. Mas o amor verdadeiro foi sempre seu.

- Ele a beijou, pegou a mão dela com carinho e colocou no dedo anelar direito um anel de brilhantes comprado em Dubai para a ocasião.

- Juliana, você é a mulher da minha vida. Este é um anel de compromisso. O primeiro passo antes de formalizarmos a união na Europa e outro anel ocupar a mão esquerda. Eu nunca amei tanto uma mulher quanto amo você. Este é um pedido de casamento formal. Quero que venha viver ao meu lado na França. Quero fazer esse pedido de maneira oficial aos seus avós assim que possível.

- Nossa, eu nem avisei a eles que vinha. Eles vão amar a notícia. Vão chorar e eu vou chorar junto com eles.

- Então vamos todos chorar juntos, está bem? Eu, você e os seus pais-avós. Somos uma família agora.

- Vai dar tudo certo. Eu tenho tanta sorte de ter você. Te amo, mas antes de viajarmos preciso voltar no Recife para resolver tudo. Tenho que buscar objetos pessoais e deixar outros na casa de tia Helena. Também vou resolver a questão com Alejandro. Não se preocupe. Em dois dias retorno. Você me espera?

Ela perguntou sorrindo.

- Você terá todo o tempo que precisar, mas não demore. Quero colar em você e não desgrudar nunca mais. Não quero perdê-la de vista outra vez.

Arpoador

Eles foram passear pela orla e ver o pôr-do-sol na Pedra do Arpoador onde se conheceram. Ficaram abraçados; enamorados, sem falar. Vendo o tempo parar para eles. A felicidade é quase tangível. Os ventos de maio sopram fortes e faz frio. O mar está de ressaca com vários surfistas na água e bandeirolas vermelhas na areia indicando perigo. O sol cai por detrás das montanhas. Juliana sente-se protegida com Rodolfo. O carinho, a ternura e o amor que sente é algo que nenhum outro homem conseguiu fazê-la sentir. É diferente do que sente por Alejandro. Rodolfo é amor para toda vida. Beijaram-se.

- Você está mais madura. Mais mulher. Estou louco para tocar o seu corpo. Vê-la gozar comigo.

Voltaram ao hotel. Fizeram amor no banho. Debaixo do chuveiro de água morna. Ela encostou os antebraços na parede. Colou um lado do rosto na cerâmica fria e pediu:

- Mete. Quero sentir você lá dentro.

Jantaram no quarto. Ouviram música. Beberam vinho e se amaram. No dia seguinte, logo depois do meio-dia, Juliana se despediu de Rodolfo. Voltou ao Recife para resolver as pendências pessoais e profissionais. Antes, propôs uma condição.

- Ligarei para dar notícias, mas quero lhe pedir algo: caso eu desista, não me procure. Apenas vá embora. Siga o seu caminho. Sem perguntas. Sem olhar para trás. Quero que me prometa isso... mas deixe o seu endereço na portaria do hotel.

Ela sorriu com ironia.

- Não vai acontecer. Você não vai desistir, mas aceito a condição. Estou certo de que não mudará o rumo. O destino e a sorte estão ao nosso lado. Eles trarão você de volta para mim. Estarei esperando como estive até agora. Não quero perder mais tempo da minha vida sem você.

- Eu sei. Não tenho dúvidas também, mas quero me sentir à vontade. Sem responsabilidade sobre mágoas ou esperanças. Nunca se sabe o que pode acontecer, caso eu não volte logo.

- Sofrerei se essa tragédia acontecer. Confio nos seus sentimentos. Eu confio em você. Espero você voltar. Para sermos felizes. Dessa vez, sem interrupções.

Adeus

Juliana chegou no final da tarde no Recife. Primeiro passou na casa da tia Helena para se despedir e explicar a situação. Ela se surpreendeu. A sobrinha estava numa relação estável no Recife. Ela e Francisco conheceram e adoraram Alejandro. Ela se preocupa com a mudança súbita do Recife para Alemanha com um homem que ela conviveu pouco. Juliana a tranquiliza. Disse que está segura dos sentimentos e do destino que vai dar à vida a partir de agora.

- Eu vou casar com Rodolfo. É algo que desejo, preciso e necessito viver com ele. Amá-lo e ser amada por ele. Não posso fugir desse destino. Se não o fizer me arrependerei de não ter tentado. A relação com Alejandro foi maravilhosa. Eu realmente fui, estou... estava feliz. Mas com Rodolfo é diferente. Você me entende, tia?

- Sim, claro que sim. É amor, disse Helena. - Não se foge do amor. Se joga. Não importa o futuro, mas o presente que te faz feliz.

- Obrigado tia, você e Francisco e todos os outros foram uns amores comigo. Nunca esquecerei. A gente vai se ver em breve. Assim que estiver organizada com endereço e adaptada quero que me visitem.

- Claro que vamos. Você acha que perderia a oportunidade de passar uns dias com você em Paris? Claro que não.

As duas riram. Depois choraram ao se abraçar. A lembrança de Elisa e Ricardo veio como uma torrente inevitável. Elas não precisam falar. Helena evita o assunto, mas Juliana o levanta.

- Queria que eles estivessem aqui, ela diz chorando. - Que me vissem adulta, casada; que me visitassem e fossem os meus melhores amigos. Queria poder conversar com eles de novo. Ouvir a voz, tocar, abraçar.

- É duro para todos nós. É uma perda terrível que você aprendeu a lidar e não deve perder essa capacidade de superação. Eles estão felizes em outro plano, vendo você feliz nesse plano. O plano da vida. Você precisa seguir adiante por eles e por você. A sua felicidade é a deles. Faça-se feliz. Faça aquilo do qual você não se arrependa de não ter feito ou tentado.

- Obrigada, tia. Eu estou bem. Chorar faz parte da superação. Aprendi a lidar com a dor. A minha convivência interior é pacífica agora. Não vou perdê-la.

Helena a abraçou e saíram do quarto onde conversavam. Juliana pediu para deixar alguns documentos e objetos pessoais com ela. Um empregado da produtora vai levar até lá.

- Agora sou uma "mulher sem casa", falou com a voz de gravidade, entre a melancolia e o deboche.

Helena riu da brincadeira. Acostumara-se as *gréas* da sobrinha.

- Vai dar tudo certo. Alejandro é um homem ponderado. Vai doer um pouquinho, mas ele tem maturidade para lidar com a situação.

- É a minha difícil missão de hoje. Depois de cumpri-la vou embora do Recife. Creio que por algum tempo.

Despediu-se de Francisco e dos empregados que ainda estavam lá naquele horário. Depois visitou Fabiana no apartamento do primeiro andar do edifício Oceania. Despediram-se abraçadas, encostando os corpos; tocando-os com as mãos, sentindo cada parte íntima uma da outra num longo beijo de línguas entrelaçadas.

- Vou sentir a sua falta. Vai me visitar em Paris? Juliana pergunta com a respiração ofegante.

- Pode apostar que sim. Vai que dou sorte com um francês bonitão dizendo *Oui, mon amour*?

Riram e se beijaram de novo.

- Você foi a melhor amiga que eu poderia ter, diz Juliana, fitando-a bem dentro dos olhos para que ela saiba a sinceridade de suas palavras.

- Eu sou apaixonada por você. Pela mulher e pelo ser humano que você é, respondeu Fabiana. - A gente vai se falando por e-mail e mensagem de celular. Ou pelo Skype para fazer um *sexozinho* e continuar as nossas brincadeiras.

Juliana riu, deixando a possibilidade em aberto. Antes de sair do apartamento com vista para a torre de concreto do Posto Dois na praia do Pina, Juliana comenta:

- Amiga, deseje-me sorte. Vou precisar. Tenho o pressentimento que vou enfrentar uma tempestade com Alejandro. Se ele lhe procurar e rolar de vocês transarem, por mim tudo bem. Estou lhe liberando para que não haja dúvidas. Ele gosta de transar com você e você com ele. Então saber que ele está perto de você, vai me deixar tranquila e feliz.

- É muita generosidade de sua parte. Vamos deixar nosso amigo precioso, o tempo, cuidar do futuro. O que sei é que nós duas vamos ser amigas sempre. Isso é o mais importante. Você é forte e determinada, Juliana. Vai saber resolver da melhor maneira possível. Pelo que conhecemos dele, a coisa deve estar feia por lá.

Juliana chega no edifício Akropolis, na avenida Boa Viagem, no meio da noite. O Land Rover Defender 90 está na garagem. Ela estaciona o Freelander ao lado e sobe ao apartamento de Alejandro por volta das dez horas pelo elevador social. Ela abre a porta com a chave dela. Alejandro está na sala. Em pé, de calça jeans; descalço, com uma camisa preta de algodão. Um copo de uísque na mão e um balde de gelo com long necks verdes; abertas e vazias sobre a mesa de centro da sala. O sofá onde eles transavam olhando o mar está repleto de pequenos flagrantes de drogas. Alejandro paralisa ao vê-la. Está chapado de álcool, cocaína e maconha. Enlouquecido. Está virado há vinte e quatro horas bebendo uísque e cerveja. Intercalou com maconha e cocaína. Há dois dias não vai ao escritório. Cancelou todos os compromissos.

Quando Alejandro chegou no escritório na quinta à tarde, a secretária Neide informou que Juliana viajou para o Rio de Janeiro. Ele entendeu na hora. Foi na sala e encontrou o bilhete sobre a mesa.

Querido, precisei ir ao Rio. Volto em dois ou três dias. Não se preocupe. Fique tranquilo. Estarei bem. Juliana. PS. Não ligue, por favor. Não vou atender. Obrigada. Beijo.

Alejandro vê o copo de uísque com gelo derretido, a garrafa de J&B sobre a mesa e o baseado apagado na metade. Tenta ligar. Desligado. Tenta várias vezes até passar da tentativa ao desespero. A secretária Neide informa o número e o horário do voo: uma hora e trinta minutos da tarde. São três horas. Pelo tempo ela já embarcou. Ainda assim ele vai ao Aeroporto dos Guararapes. O Freelander está no estacionamento. Ele estaciona ao lado do carro. Desce e toca no capô. Frio. Vai para o saguão de embarque. O display informa que o voo das quinze horas chegou ao destino. Ele volta para o apartamento. Não consegue fazer nada. Nem pensar direito. Começa a beber. Depois cheirar para beber. Bebe para cheirar. Fuma maconha para se acalmar. Passam das horas da manhã quando consegue dormir. Acorda de ressaca com o sol nascendo. Tenta ligar. Toma café. Desce para tomar um banho de mar e caminhar. Toma sol. Volta. Tenta ligar. Abre a primeira cerveja do dia. Acende um baseado para relaxar. Está estressado. Não consegue fazer nada direito. Liga a televisão para distrair. Ouvir barulho. Vozes pela casa. Tenta ligar. Celular desligado. Pensa em ligar para os avós. Desiste a tempo de ser importuno. Abre outra cerveja. Acende a metade do baseado que sobrou. Fuma na varanda bebendo cerveja. Bota o vinil de Janis para tocar. O último álbum de 1970. *"Cry baby, yeah yeah..."*. Deixa em "modo mudo" o som da televisão, mas não a desliga. As imagens o ajudam a distrair. A manhã acaba. Tenta ligar. A tarde cai. Tenta ligar. A noite implacável chega. Está escuro lá fora. Tenta ligar enquanto come um sanduíche de pão francês com queijo mozarela. Vomita no banheiro. Para de beber a bebida fermentada e volta para o uísque. Bebe meia garrafa de J&B. Vai abrir um vinho para combinar com maconha. Ele está em pé abrindo a garrafa quando ela surge na porta.

Juliana o vê e fica parada. Observa-o. Fecha a porta atrás dela e entra com passos firmes em direção a ele. Os olhos esbugalhados. Tropeçando nas palavras. Ele sabe que a perdeu. Sim, perdeu. Antecipa o sofrimento com atitudes infantis. O tempo deles acabou. Sim, acabou. Alejandro se esquiva. Está tudo bem. Foge do assunto. Juliana explica a decisão tomada. Ela tem pressa. Não quer prolongar a situação, mas não pode conversar com ele nesse estado. Precisa ser rígida como uma mãe zangada. Puxa-lhe pelo braço e o coloca debaixo do chuveiro vestido com calça jeans, camisa preta e descalço. Ele tenta agarrá-la. Ela não deixa. Ele chora sentado no chão do banheiro com a água caindo-lhe sobre o corpo. A cena que ela não esqueceria. O homem que por mais de um ano lhe proporcionou os melhores momentos de sexo e companhia está na lona do ringue. Deixa-se nocautear pelo adversário. Sente-se culpada. Não é insensível. Aquilo lhe dói, mas não há o que fazer. O sofrimento é inevitável. Não há maneira de terminar um relacionamento sem sofrimento. Não inventaram a fórmula para terminar uma relação de amor sem que uma parte sofra mais do que a outra. É sempre assim. Ambos sofrem, mas um sofre mais do que o outro. "Se esta é a vez dele, que seja".

Mais tarde, de madrugada, mais calmo, Alejandro bebe chá de camomila na sala. Estão sentados no amplo sofá com vista para o mar. Ela limpou toda sujeira de flagrantes ilícitos deixada por ele. O silêncio sepulcro é agradável aos ouvidos e à mente. A noite está fria, mas o céu é claro com estrelas e uma meia lua nova longe da vista humana. O ruído das ondas quebrando contínuas na praia de Boa Viagem é o único silêncio que se ouve. É um som familiar para Juliana. As marolas quebrando na areia é o som do silêncio da rede na casa de Helena, em Candeias. Foi o primeiro som que lhe marcou a sensação de morar no Recife. No distanciamento daquele momento de paz em um passado recente, ela revive tudo o que lhe ocorreu na cidade. Entende que valeu a pena. Não foi em vão. Precisava voltar às origens. Missão cumprida, hora de fechar o último ato. Ela está no melhor momento da vida. Como se fossem várias vidas numa só. Hoje deixa uma delas e parte para a próxima. É uma revelação e tanto este momento de certeza da decisão tomada. Alejandro é um homem importante em sua vida. Ela gosta dele, por isso se presta à paciência de lidar com a situação. Não tivesse importância, pegaria suas coisas e iria embora. Alejandro ensinou-lhe coisas que talvez ela não aprendesse com Rodolfo. Mas Rodolfo tem algo que Alejandro nunca lhe dará.

Passa da meia-noite. Alejandro olha o horizonte escuro. Ele veste uma peça completa de moletom de algodão cinza. O cabelo está molhado. Ele mantém as pernas encolhidas e um cobertor até o meio da perna. Eles ficam em silêncio. Juliana o encara esperando que se manifeste, mas ele está mudo. Então, ela fala.

- Vou embora, Alejandro. Para o Rio de Janeiro. Ainda hoje. Passo uns dias resolvendo umas coisas por lá e depois vou para a França morar com Rodolfo. Essa é toda a história e a verdade a ser dita. Não há mais nem menos do que isso. Não sou de mentir. Você sabe. Espero que compreenda e aceite a decisão. Desde o início falei que poderia acontecer. Nunca escondi.

Ele continua calado. Distante. O olhar fixo do horizonte. Fugindo da realidade. O homem maduro dá lugar ao garoto incapaz de reagir às diversidades e às dores da vida. A perda e o sofrimento do amor. Outra vez. Marcella, na Espanha; Juliana, no Recife. No tempo entre as duas, uma infinidade de amores sem força, paixões derretidas e laços sem sangue. A situação impensável de perder a mulher amada. Não sabe o que fazer, nem como reagir diante da batalha perdida.

- Se você prefere o silêncio é um direito seu. Saiba, porém, que gostaria de esclarecer os fatos e manter uma amizade carinhosa com você.

Alejandro sorri no canto do rosto. Balança a cabeça com ironia. Olha para o chão. Os olhos umedecidos pelas lágrimas contidas. Enfim, ele fala com a voz embargada.

- Não quero saber de nada do que houve de ontem para hoje. O que você fez ou deixou de fazer. Você não precisa me contar. Só peço que não vá embora. Tudo que peço é que fique, porque a amo e não quero perdê-la. Aceito qualquer condição. O que você precisa para ficar? Diga que farei. Não me importo.

- Desculpe, não peça o que não posso, nem quero fazer. "Preciso partir para viver ou ficar em teus braços e morrer".

- Shakespeare agora não, por favor.

- Desculpe, foi a frase que me veio à mente para definir a minha situação. Vai ser mais fácil para nós dois se você aceitar. Preciso viver a minha história de amor interrompida. Seguir os caminhos que o destino reservou. Se não der certo, se estiver errada, eu volto; lhe procuro, mas não espere. Não deixe de ser feliz. De viver a sua vida que é ótima. Você tem tudo para ser feliz. Como o Náufrago: *é preciso sobreviver e se manter respirando*. Guarde a minha lembrança com carinho. É assim que vou lembrar de nós dois. Eu gosto de você, mas não posso ir contra o meu desejo por sua causa. Não seria mais feliz aqui com você. Eu lhe cobraria mais tarde. Iríamos brigar. Coisa que nunca houve. Perderíamos tudo da relação saudável que construímos até esse ponto. Em nome do que? De ficar com você para não lhe deixar triste? E a minha tristeza? A minha felicidade? Não conta? Este é um momento duro para ambos. Toda separação é triste. Mas não é o fim de tudo. Não sabemos o futuro. O que o destino e a sorte reserva para as nossas vidas. Vamos fazer isso direito e ficarmos bem um com o outro. Por favor.

Alejandro se levanta e anda pela sala como barata que recebe inseticida. Ele não quer ouvi-la. Já não administra os pensamentos. As ideias. Está absorto. Sem dormir e sob a ressaca dos aditivos. Sente-se impotente para contornar a situação. Ele repete baixinho, implorando. Volta a chorar.

- Fica comigo, por favor, fica. Eu amo você. Pelo amor de Deus, fica.

Ele deita no sofá e se encolhe em posição fetal. Juliana lamenta. O conjunto de tudo que eles foram reunidos naquela cena. Ela chega perto e coloca a cabeça dele no ombro e o acalenta. Alejandro deita no colo dela e chora baixinho como criança perdida. Ela alisa o cabelo dele. O conforto aos poucos o acalma. Ela vai à cozinha buscar água e um ansiolítico Diazepam que o fará dormir até à noite do dia seguinte. Leva-o para o quarto. Espera-o apagar. É madrugada. Em breve o dia amanhece. Ela escreve uma carta e deixa sobre a mesa com um peso em cima. Bem visível para que ele a veja assim que acordar. Arruma uma mala de tamanho grande com itens pessoais e documentos. Deixa-a na sala para um funcionário da produtora levar à casa de Helena. Ela segue com uma mala pequena de rodinhas e uma bolsa de mão. O restante das roupas e dos objetos vai deixar para que ele faça doação. Juliana desce no estacionamento e segue para o Aeroporto dos Guararapes Gilberto Freyre. Embarca num voo às oito horas e quinze minutos da manhã para o Rio de Janeiro. Ela deixa o Land Rover Freelander 2 com o ticket de estacionamento e a chave dentro. O carro será levado por Francisco e Helena. Ela o deixou de presente para eles.

Alejandro dormiu por doze horas. Acorda confuso na enorme cama solitária. Recupera-se aos poucos. Relembra os dois dias de inferno. Na boca o gosto metálico do tranquilizante o faz enjoar. Ele levanta para vomitar no banheiro. Toma um banho e vai à cozinha fazer café. Olha a sala vazia. Ela se foi. Toma outro café para despertar. Olha o celular. Está desligado. Ela o desligou para que ele pudesse dormir. Olha a avenida Boa Viagem iluminada pelos postes e molhada pela chuva no final da tarde. O sol se escondeu há mais de uma hora. É início da noite com nuvens escuras no horizonte. Ele vê a carta sobre a mesa. Senta-se na varanda para ler.

Querido Alejandro, quando você ler esta carta estarei longe do Recife. Por favor, não me siga. Não me procure. Não me queira mal. Reaja. Lembre-se que estarei sempre contigo, aonde quer que tu vás e com quem estejas. Fomos amantes, namorados, marido e mulher; agora somos amigos, assim espero. Temos uma cumplicidade única. Mas nada é eterno, nem definitivo. Talvez estejamos apenas entrando numa nova fase de nossas vidas, porque assim quis a sorte e o destino. Em breve mandarei notícias. Deixemos o tempo passar. Tempo e Distância são os Senhores do Mundo. Quando os sentimentos adormecerem, poderemos nos reencontrar. Tenho certeza disso. Não pense que foi fácil tomar essa decisão. Mais fácil seria continuar no Recife. Na estabilidade emocional e material oferecida por você, mas são as mudanças que enriquecem a vida. O risco que corremos é o que nos faz viver. Gosto de você com um carinho enorme. Estou sentindo a separação. Aprendi muito nesse tempo ao seu lado e levarei isso comigo para sempre. Você foi e sempre será um homem importante na minha vida. Nunca duvide disso. Sentirei saudade.

Beijos, sua amiga Juliana.

Partida

Alejandro trocou de roupa. Seguiu para o aeroporto. Queria vê-la. Se desculpar pela cena no apartamento. Tentar mais uma vez convencê-la a ficar, mesmo que nem ele acreditasse que a encontraria no aeroporto ou conseguiria reverter uma causa perdida. Procurou o Freelander no estacionamento. Não o encontrou. Andou pelos corredores do aeroporto. O display de chegadas e partidas indicava que diversos voos naquele dia saíram para o Rio de Janeiro e chegaram ao destino. Reconheceu a derrota. A mulher que ama é agora uma assombração na memória e na carne. Ele não a verá por muito tempo ou mesmo para sempre. Quem sabe o destino desse traçado em sua vida? Ele fica parado diante do vidro no terraço do aeroporto Gilberto Freyre olhando os aviões decolarem. Em algum deles embarcou uma mulher da qual ele necessita, mas que para os demais passageiros é apenas uma pessoa comum. Igual a qualquer outra. Por que alguém se torna mais importante do que outra? Como acontece a magia da sorte em unir dois seres que não se conheciam? Como são criados os laços difíceis de serem rompidos, como se eles nunca devessem ser interrompidos?

Ele não tem resposta para os questionamentos. Sua urgência é sobreviver à tormenta que se aproxima do cais. Ele vê as ondulações com espumas violentas se formarem avançando sobre o barco. A ventania carregada de ódio e sentimentos ambíguos o tomam de assalto. As noites de insônia, drogas, álcool e amores sem dor; da tristeza infinita no lar cheio da ausência presente de Juliana. Da lembrança exposta na cama enfeitiçada pelo perfume entranhado nos lençóis. Da lembrança das posições e dos orgasmos. Do corpo dela se contorcendo sobre o leito. Do sexo que não ousa esquecer. Do quanto essas recordações vão fazê-lo se masturbar. Ele sente como se perdesse um pedaço do corpo. A parte mais essencial para viver. Como se faltasse o ar, a água e o alimento. Ele se sente só e vazio.

No avião para o Rio de Janeiro, Juliana pensa em tudo que viveu no Recife. De todos os traçados de sua vida até aquele ponto. Lembra-se das pessoas, dos amigos, dos lugares. As lembranças vêm como algo que lhe trará saudade. Os banhos no mar nas águas mornas de Boa Viagem. Os mergulhos em Porto de Galinhas. As caminhadas em praias desertas do Nordeste e na imensidão dos coqueiros a se perder de vista. As viagens para João Pessoa. O café forte com tapioca no Mangai. Os sushis e saquês no Quina do Futuro. Os shows das bandas pernambucanas. As cervejas em mesas nas calçadas, sob o céu de estrelas com a brisa do mar na rua da Moeda; do riso frouxo de se beber na rua e da qualidade da maconha de Pernambuco. As pessoas que conheceu e as que não precisará lembrar.

- Nada é fácil. Nenhuma decisão é fácil. Isso não é fácil. Meu querido Alejandro. Como você vai superar a separação?

Juliana se pergunta, relaxada na poltrona larga da primeira classe. Ela não consegue dormir, apesar de estar acordada desde que saiu do Rio na tarde do dia anterior. Ela pega uma revista estrangeira de viagens no compartimento da poltrona. A capa traz a foto de um homem branco de pele queimada e cabelos claros. Ele está sentado, sorrindo, ao lado de um gorila monstruoso de pelos negros com o dobro de tamanho e largura do invasor humano em seu território selvagem. O símio come uma folha verde comprida e ignora o homem branco ao lado. Ela lê a chamada na capa: "Humility in front of the gorila god of Congo". Ela não reconhece o gorila, mas sabe quem é o ser humano aloirado na capa. Está indo encontrá-lo. Ri da coincidência. Abre na reportagem e lê o texto em inglês assinado por Rodolfo Joseph Becker.

"Estar ao lado de Bob Mick, o senhor-deus gorila das montanhas do Congo, na região centro-oeste da África, fez-me reconhecer a insignificância humana e a minha condição de invasor no Planeta Terra. Eu sou um nada ao lado dele. Eu sou o nada para ele. Sou tão desprezível que nem sou uma ameaça. Eu não vou roubar suas fêmeas, nem o território. Não vou matar os filhotes, nem comer sua comida verde e nutritiva de proteínas. Eu sou um nada curioso que apenas quer ficar ali. Para fazer uma foto e publicar numa revista. Uma foto ao lado do poderoso senhor da selva do Congo para inflar o meu ego repleto de falhas e medos. Por eu não ser nada, Bob Mick, como o apelidei sem consultá-lo, permitiu a minha atitude egocêntrica e humana de posar para foto. Contanto que eu não me mexa, não faça barulho, não o encare, não mexa nos filhotes nem com as fêmeas. A mim não é permitido nada além de ficar quieto. Humilde. Calado. Com o olhar baixo e a atitude de quem sabe quem é o rei. Ele me ignora, mas eu não tiro os olhos dele. Porque estou fascinado, quase chorando de emoção. Porque realizo um sonho antigo. Porque eu sou um inseto na frente do deus gorila. O meu coração dispara e ele o ouve. Todo o meu corpo treme de medo. Ele sente e se vangloria do poder exercido. Ele mantém a saudável rotina de comer folhas, raízes e brotos de bambu; de fazer sexo com o harém de companheiras disponíveis e de exercitar o seu domínio como líder do grupo. Porque eu não sou nada diante dele. Sou apenas um humano sendo colocado no devido lugar e engolindo a suposta superioridade. O homem que se torna o mais humilde dos mortais. Só por ele estar ali; sentado ao meu lado comendo folhas. O ser humano não é nada diante do gorila das montanhas da República do Congo. O monstro de dois metros de altura e duzentos quilos com pelos negros cobrindo o corpanzil de músculos e força bruta. O olhar do símio me conquista. Olhos tranquilos que escondem o poder. Tão tranquilos que iludem o humano de que você foi aceito no grupo; que vai dormir e viver ali sob a proteção de Kong. Ajudando-o a proteger o território de outros machos invasores; de traficantes caçadores implacáveis em sua estupidez de armas mortíferas. A fantasia acaba quando o guia local alerta que seu tempo acabou. Bob Mick começou a se incomodar não por mim, mas pelo tempo que você está lá. Ele deu os primeiros sinais. Você não vai esperar para ver os sinais seguintes. Melhor não. Você não percebeu, porque não o conhece como os guias negros, magros e ágeis da região. Eles ordenam e você se levanta com calma. A cabeça sempre baixa em sinal de humildade; aquela que você esquece quando está na cidade cercado de humanos arrogantes e estúpidos iguais a você. Você se levanta e caminha para perto dos guias. Sem movimento brusco. Você precisa ficar quieto, mesmo se Kong levantar em duas patas e começar a bater bumbo no peito com as mãos do tamanho de uma raquete de tênis. Ele está apenas exibindo a autoridade inexorável para lhe assustar. E, acredite, você

vai se borrar nas calças. É hora de voltar para a sua vida medíocre de humano como cúmplice da maldade da espécie à qual você faz parte. Vai deixá-lo em paz com a família e torcer para que a estúpida espécie evoluída Homo sapiens compreenda, de uma vez por todas, a importância de não ser covarde com essas criaturas. Que o tráfico de souvenires de animais selvagens é o mais baixo nível de civilidade que o ser humano pode atingir. O meu corpo dá adeus àquele lugar e àquele gorila, mas a minha mente e o meu coração ficaram para sempre ao lado de Bob Mick e da sua linda família de gorilas do Congo".

EPÍLOGO

Alejandro saiu do Aeroporto direto para o Bar 25 na região portuária do Bairro do Recife Antigo, de frente aos cargueiros que chegam e partem do Cais do Porto, próximo à árida Praça do Marco Zero. É noite fria de outono, quando os ventos de leste-sudeste no litoral esfriam mais do que o normal a cidade sempre quente. Uma fina neblina envolve o mar. A lua nova apareceu. É uma boca banguela e sorridente sobre o bairro. Há pouco movimento de carros naquele horário. Alejandro parou no Bar 25, onde encontra o melhor uísque importado legítimo e onde não encontrará conhecidos para puxar assunto.

A penúltima coisa que quer é falar com alguém. A última voltar sozinho para casa e encontrar a arena de guerra despida de Juliana com todos os cheiros e as recordações. Morreria sufocado na dor. Prefere sofrer na mesa do bar com a dignidade de um solitário de coração machucado. Está triste. Quer se drogar para esquecer. Sobe as escadas do corredor estreito. Antes de entrar pela porta aberta, sente o perfume ativo das profissionais noturnas. Não tem disposição para alugar um corpo que o faça esquecer por algumas horas. Iria falhar e ficar mais deprimido.

Entra na penumbra do salão que ostenta a decoração marítima que tanto admira. O seu esconderijo *underground* desde antes de o bairro se transformar em lugar da moda da classe média local e do turismo. É fiel ao meretrício independente de modismos. Dirige-se ao balcão e pede à mulher robusta com um pano de prato encardido sobre o ombro que o garçom leve uma garrafa de uísque J&B e um balde com gelo para a mesa encostada na janela. Compra dez fichas para a radiola. Naquela noite vai tocar a trilha sonora de sua vida. Aperta o play da primeira canção. "Impossível acreditar que perdi você". A voz aguda e limpa do mineiro Márcio Greyck corta à noite.

Não eu não consigo acreditar no que aconteceu; é um sonho meu, nada se acabou... Sinto-me perdido no vazio que você deixou, nada quero seu, já nem sei quem sou... Eu já não consigo mais viver dentro de mim e viver assim é quase morrer. Venha me dizer sorrindo que você brincou e que ainda é meu, só meu, o seu amor.

A música melancólica invade o ambiente. Alejandro fica em pé de frente à radiola curtindo de cabeça baixa e olhos fechados. Bota mais uma ficha para sua trilha sonora. Outro mineiro, Fernando Mendes, com "Sorte tem quem acredita nela". Despeja mais quatro fichas numa sequência de Roberto Carlos: "Eu disse adeus", "Fera ferida", "Atitudes", "De tanto amor". Sobram quatro fichas. Olha as opções. Escolhe "Chuvas de verão" com o carioca José Augusto. Encontra uma pérola rara no meio das opções populares. "Down em mim" do primeiro disco do Barão Vermelho na voz forte de Cazuza. "Eu não sei o que meu corpo abriga, nessas noites quentes de verão; e nem me importa se mil raios partam, eu ando tão down". A letra lhe passa na cabeça, enquanto Alejandro escolhe a próxima.

Ele acha o que procura. O seu amigo querido Reginaldo Rossi. As duas últimas fichas vão dobrar "Tão sofrido", a versão do pernambucano de Recife para a canção cigana "Trista Pena" do Gipsy Kings. O Rei do Brega que Alejandro conhece com certa intimidade. A produtora organiza e promove os shows do ídolo popular das periferias. Juliana o adora. Ela se divertiu com as brincadeiras do bem-humorado cantor em noites de bebedeiras saudáveis. Não foram poucas às vezes em que jantaram com o celebrado artista, após shows estupendos, cheios de ironia e alegria. Desde sempre essa é a sua música preferida de Reginaldo.

"Oi, volta vem me ver; vem tirar de mim, esse gosto amargo; oi, vem me devolver, o gosto de viver, sem você meu amor, eu juro que não sinto nada".

A sonoridade espanhola e a letra bem encaixada na melodia conquistaram Alejandro à primeira audição. Ele foi assistir ao show do pernambucano no Clube das Pás. Todos falavam que ele "precisa assistir Reginaldo". Ficaram amigos na hora em que se olharam no camarim simples do artista. Alejandro ainda não conhecia Juliana. "Juliana, Juliana", quantas vezes a mente vai pensar nela e repetir o seu nome? A noite está só começando. Ele olha em volta. As putas o observam. Ele não é um desconhecido ali. Estão acostumados a vê-lo com amigos em *happy hours* divertidos com uísque e cocaína. Ninguém se mete. Sabem que é produtor artístico com escritório no bairro; tranquilo, nunca faz confusão, nem é arrogante. Vai no Bar 25 para beber e dar risadas. Mas esta noite não. Algo mudou. Hoje não é uma noite de risos. É de reflexão e pensamentos nebulosos. Todos respeitam a sua privacidade.

Alejandro caminha devagar até a mesa, onde o garçom colocou a garrafa de uísque e o balde com gelo. Ele se senta no canto escuro e reservado, onde a janela aberta expõe à visão do Cais do Porto e dos navios fantasmagóricos. Vira no copo uma dose dupla, duas pedras de gelo e lembra-se que aquela dosagem é a que bebiam juntos. Riu da desgraçada lembrança e pensa quantas vezes fará a associação do presente com o passado. Faz uma menção de brindar ao nada e bebe o líquido amarelo de olhos fechados. Sente-o queimar a garganta. É uma dor boa de sentir. Abaixa a cabeça. Olha à rua. Entrega-se às lembranças da mulher que amou e que perdeu para as armadilhas que o destino oferece.

"Oi, volta vem me ver; vem tirar de mim, esse gosto amargo; oi, vem me devolver, o gosto de viver, sem você, meu amor, eu juro que eu não sinto nada".

FIM